그림자 상점

그림자 상점

지은이 변윤하
펴낸이 임상진
펴낸곳 (주)넥서스

초판1쇄 발행 2022년 1월 3일
초판3쇄 발행 2022년 2월 22일

출판신고 1992년 4월 3일 제311-2002-2호
10880 경기도 파주시 지목로 5
Tel (02)330-5500 Fax (02)330-5555

ISBN 979-11-6683-180-5   03810

가격은 뒤표지에 있습니다.
잘못 만들어진 책은 구입처에서 바꾸어 드립니다.

www.nexusbook.com
&(앤드)는 (주)넥서스의 문학 브랜드입니다.

당신의 상처를
치유해드립니다

변윤하 지음

그림자 상점

&

·차례·

세 개의 그림자

나는 심호흡을 하고 천천히 옥상 난간 위에 올라섰다. 그리고 눈을 질끈 감았다.

시야가 닫히니 다른 감각들이 살아난다. 손가락 사이사이로 스치는 바람, 바닥을 뒹구는 말라비틀어진 낙엽들, 덥고 습기 찬 어둠. 깊은 밤이라 학교는 적막하기만 하다. 지금이 죽기에 적절한 타이밍일까.

추락하는 상상을 해본다. 떨어지는 건 순간이다. 이렇게 뛰어내리면 곧장 수직으로 하강하겠지. 가속이 붙고 이내 땅에 몸이 부딪히고. 두개골이 깨져 피가 흘러넘치고 사지가 비틀린 채 차디찬 바닥에서 그대로 그렇게……

나는 다시 눈을 뜨고 고개를 숙였다. 어둠에 휩싸인 땅이 보인다. 아빠와 같은 선택을 하려고 이곳에 올라왔다. 그러면 조금은 아빠를 이해할 수 있을 것 같아서. 그런데 막상 이곳에 올라서니 두려움이 폭풍처럼 휘몰아쳐 온다.

나에게 남은 가족이라곤 아빠의 장례식장에서 처음 본 친척들뿐. 그들의 존재는 내게 있어 거리에 지나는 행인들과 다를 바 없었다. 제로의 상태. 정말이지 아무도 없다. 한강대교에서 뛰어내린 아빠를 생각하자 물속으로 가라앉듯 숨이 턱 막히는 것 같았다. 아빠는 도대체 어떤 마음으로 죽음을 선택한 걸까? 어떻게 그럴 수 있었을까. 이곳에 서면 아빠를 이해할 수 있을 줄 알았는데, 아빠가 더더욱 원망스러웠다. 나중에 아빠를 만나면 이렇게 묻고 싶다. 왜 나를 두고 떠났어?

주머니에서 아까 써두었다 구겨버린 유서를 다시 꺼내 펼쳐본다. 이 유서는 얼굴도 제대로 모르는 친척들에게 가겠지. 그런 생각을 하니 이내 유서를 버리고 싶어졌다. 여태껏 내 생존 여부도 모르던 친척들. 그들이 장례식장에서 보여준 가식적인 동정의 눈빛. 지금도 등줄기에 오싹 소름이 돋는다.

눈앞이 뿌옇게 흐려지고 두 뺨이 달아올랐다. 눈물을 닦으려는데 발아래 있는 그림자가 눈에 들어온다. 나는 새삼 그림자의 실루엣을 천천히 내려다봤다. 정확히 언제부터인지 모르지만 내 발밑에는 늘 세 개의 그림자가 따라다녔다. 처음에는 대수롭지 않게 생각했던 일이다. 하지만 점차 나를 보는 사람들의 낯선 시선이 두려워졌다. 유독 내 그림자를 신기해하던 친구가 온갖 소문을 낸 다음부터는 더더욱.

그 후로 나는 사람들의 시선을 더 의식할 수밖에 없었다. 습관처럼 음지로 걸어 다녔지만 항상 그림자를 숨길 수는 없었다. 동네 아이들은 시시때때로 집으로 몰려와서 초인종을 누르고 도망가기 일쑤였고, 어느새 나에 대한 소문이 퍼졌는지 지역 신문 기자가 찾아온 적도 있었다. 그럴 때마다 할머니는 욕을 한 바가지씩 하며 사람들을 쫓아내거나 대문 앞에 소금을 뿌리기도 했다. 그리고 나는 방 안에 숨어 이 모든 일을 문틈으로 지켜보면서 그저 상황이 종료되길 숨죽여 기다릴 뿐이었다.

"아빠, 내 그림자는 왜 남들과 달라?"

언젠가 아빠에게 이렇게 물었던 적이 있었다. 그때 아빠는 나를 꼭 껴안아주며 말했다.

"다른 사람들 그림자도 여러 개야. 하나처럼 보일 뿐이지. 네 그림자는 그냥 조금 더 솔직할 뿐이란다."

솔직할 뿐이라고? 나는 그 말을 이해할 수 없었다.

"나도 다른 사람들처럼 그림자가 하나였으면 좋겠어."

하지만 아빠는 더 이상 아무 말도 하지 않고 웃기만 했다. 나중에 다 이해하게 된다나? 그래서 나는 나만의 방법을 찾기로 했다.

푸른빛이 스며든 조용한 새벽녘, 서랍장에서 할머니의 바늘 상자를 꺼냈다. 할머니가 돌아가신 후 바늘 상자를 꺼낸 것은 처음이었다. 마치 엄청난 비밀을 오래 품고 있었던 것처럼 상자에는 부연 먼지가 가득 쌓여 있었다. 후, 하고 가볍게 입김을 불자 먼지가 허공으로 흩어지더니 상자 틈새로 금빛 광채가 새어 나왔다.

딸깍. 은색 고리를 젖혀 상자를 연 순간, 어느 날 밤 스탠드 불빛 하나에만 의지한 채 남몰래 무언가를 이어 붙이시던 할머니의 모습이 떠올랐다. 할머니는 내가 잠들 때까지 기다렸다가, 완전히 깊은 잠에 빠지면 그때 발뒤꿈치를 들고 소리 없이 부엌으로 가 바느질을 하곤 했다. 한번은 자다가 화장실에 가려는데 부엌에서 할머니의 목소리가 들려왔다. 나는 발걸음을 멈추고 무언가에 한참 열중하고 있는 할머니의 뒷모습을 보았다. 식탁 위에서 꿈틀꿈틀 움직이고 있는 얇고 검은 물체를 빠른 손놀림으로 잽싸게 꿰매고 있었다. 마치 녹색 수술복을 입은 의사 선생님이 수술을 집도하는 것처럼.

그때 나는 꿈을 꾼 거라고 생각했다. 그런데 그 의문의 바늘 상자를 연 지금, 그날의 일이 환상이 아닌 현실이었다는 것을 깨달았다. 상자 속에는 하얗게 빛나는 실타래, 바늘꽂이에 꽂힌 반짝이는 은색 바늘, 탄탄한 가죽으로 만든 검은색 골무 등이 가지런히 잘 정리되어 있었다.

나는 가장 먼저 실타래를 천천히 풀고 제일 얇은 바늘 하나를 뽑았다. 그런 다음 바늘귀에 실을 꿰었다. 구멍을 통과한 실은 사르르 녹듯 투명해지더니 금세 황금빛으로 변했다. 그러곤 세 갈래 그림자를 조심스레 하나로 모으고, 예전에 할머니가 그랬던 것처럼 바늘로 그림자의 가장자리를 푹 찔러 넣었다. 그림자가 아프다는 듯 움찔하고 꿈틀거렸다. 나도 모르게 눈이 질끈 감겼다. 나는 그림자를 꼭 쥐고 다시 한 땀 한 땀 정성스럽게 꿰맸다.

하지만 그것도 오래가지 않았다. 한두 달이 지나면 실밥이 완전히 터져 다시 세 갈래로 갈라지기 일쑤였고, 그때마다 매번 귀찮게도 그림자를 다시 꿰매야 했다.

"이젠 정말 지긋지긋해."

그동안 숨기고 있던 속마음이 입 밖으로 툭 튀어나왔다. 고작 15년 살았을 뿐인데…… 대체 언제까지 이런 모습으로 살아야 하는 걸까. 바늘 상자에 있던 실을 다 써버린 지 오래였다. 더는 그림자를 수선할 수도 없었기에 절망적이었다.

한숨을 내쉬며 고개를 떨구었을 때 문득 그림자 하나가 시야에 들어왔다. 갈라진 세 개의 그림자 중 하나가 내 발목을 양손으로 악착같이 붙잡고 있었다. 마치 제발 살려달라는 듯, 자신은 죽고 싶지 않다고 애원하는 것 같았다. 나는 소스라치게 놀라 주위를 둘러보았다. 화단에 있던 붉은 벽돌이 눈에 들어왔다. 나는 화단으로 가서 벽돌을 집어 들었다. 그러곤 벽돌의 날카로운 모서리로 내 발목을 잡고 있던 그림자를 향해 내리꽂고는 단번에 선을 그었다.

"제발 떨어져! 이 물귀신 같은 그림자야!"

그 순간 나도 모르게 튀어나온 분노의 일침에, 끓어오르는 증오와 원망의 감정까지 전해진 것일까. 그림자에 하얀색 줄이 선명해지더니 점점 발에서 떨어져나가 수영을 하듯 옥상 위를 유유히 헤엄쳐 사라져버렸다. 마치 거짓말처럼.

이렇게 쉬운 거였나? 그림자가 사라져버린 후에도 나는 옥상 바닥에서 눈을 뗄 수 없었다. 어떻게든 남들처럼 평범한 그림자를 갖겠다고 혼자 애쓴 시간이 전부 부질없다고 느껴졌다. 그림자를 하나로 꿰맬 때는 그리도 어려웠는데, 버릴 때는 이렇게 쉽다니. 대체 난 그동안 왜 그렇게까지 고민한 걸까. 심한 자책감이 밀려들었다.

이제 두 개의 그림자 차례다! 그때 그림자 두 개 중 하나가 나를 향해 팔을 쭉 뻗어왔다. 마치 어떻게든 나에게서 벗어나려는 듯이. 나는 다시 한번 벽돌을 들어 손을 뻗은 그림자에 선을 그었다. 발과 그림자가 만나는 바로 그곳에. 그러자 그림자는 뒤도 돌아보지 않고 빠르게 옥상 바닥을 헤엄쳐 어둠 속으로 사라졌다.

이제 하나 남았다! 그토록 원했던 하나의 그림자. 나도 다른 사람들처럼 비로소 평범한 삶을 살 수 있을까. 하지만 죽으면 그뿐인걸.

"그래, 너라도 살아야지."

죽기 전에 그림자를 풀어주고 싶었다. 내가 죽는다고 그림자까지 죽을 필요는 없으니까. 나는 아무런 미동도 없는 마지막 남은 그림자를 풀어주기 위해 벽돌을 하늘 높이 쳐들었다.

"뭐 하는 거야?"

등 뒤에서 갑자기 들려온 남자 목소리에 깜짝 놀라 나도 모르게 벽돌을 놓치고 말았다. 쿵. 벽돌은 묵직한 소리와 함께 꽃이 다 시든 화단에 떨어졌고, 동시에 나는 균형을 잃고 비틀거렸다.

"위험해!"

다시금 굵은 목소리가 들렸다. 나는 그제야 몸을 돌려 사방을 두리번거렸다. 옥상 철문 앞, 내가 다니는 은정중학교 교복을 입은 아이가 서 있었다. 분명 처음 보는 얼굴이었다.

"내려와."

교복이 나를 향해 천천히 걸어왔다. 누구지? 나는 계속 긴장한 얼굴로 그 애를 바라보았다. 하지만 아무리 뚫어져라 쳐다봐도 해를 등지고 걸어오는 아이의 얼굴이 보이지 않았다. 심장이 쿵쿵거리며 뛰기 시작했다. 누군가 심장으로 드리블을 하고 있는 것처럼 심박동이 빨라졌다. 서서히 교복의 모습이 구체적인 실루엣과 형체를 그리며 내 앞에 나타났다. 나와 같은 학년인 듯 노란색 명찰이 눈에 띄었다. 거기에는 분명한 글씨로 '신해우'라는 이름이 적혀 있었다.

"신해우?"

"응. 내 이름. 너는 여리지? 권여리."

"상관하지 마. 제발 그냥 가줘!"

잘 알지도 못하는 사람이 내 삶에, 그것도 운명적인 순간에 개입하려 들다니. 이 고귀한 결단의 순간을 방해하는 자는 그 누구라도 용서할 수 없다고 생각하던 차였다.

"나, 널 알아. 가끔 옥상에 올라오잖아."

"나를 안다고?"

내가 옥상에 올라오는 걸 본 사람이 있으리라고는 상상조차 하지 못한 일이었다.

"나도 종종 올라오거든."

해우는 잠시 숨을 고르듯 한참을 가만히 있다가 다시 말을 뱉어냈다.

"죽고 싶을 때마다."

그 말이 잔잔한 수면에 돌멩이를 던진 듯 마음에 작은 파동을 일으켰다. 단지 "죽고 싶을 때마다"라는 이 한마디를 했을 뿐인데, 왠지 해우가 친밀하게 느껴졌다. 나는 해우의 눈을 뚫어져라 쳐다봤다. 하지만 아무것도 느껴지지 않았다. 이 아이에겐 무슨 일이 있었던 걸까? 대체 왜 죽고 싶었던 걸까. 사실은 궁금해서 미칠 지경인데도 나는 시치미를 뚝 떼고 태연하게 물었다.

"왜 죽고 싶은데?"

그러자 탁구공을 맞받아치듯 해우가 되물었다.

"너는? 너는 뭐가 그렇게 힘든데?"

뭐가 그렇게 힘드냐고? 목구멍이 턱 막혔다. 이제껏 그 누구도 내게 그런 질문을 한 적이 없었는데……. 그때 한 사람이 떠올랐다. 아빠. 하지만 입술을 동그랗게 오므리고 "아빠"라고 불러도 목소리는 쉬이 나오지 않았다.

짧은 침묵이 흐르고, 잠시 후에 해우가 대뜸 물었다.

"떡볶이 먹을래?"

"뭐라고?"

갑자기 떡볶이라니. 나는 아무 말도 못 한 채 그제야 해우를 바라보았다. 당황스러워서 갑자기 풋 하고 웃음이 터져 나왔다. 이 상황에 웃음이라니 나도 제정신이 아닌가 보다. 민망해서 웃음을 참아보려고 애썼지만 어느새 입꼬리가 올라가 있었다. 해우는 그 순간을 놓치지 않았다.

"같이 먹자."

뜬금없지만 이상하게 솔깃했다. 아주 크고 가벼운 깃털이 날아온 것처럼, 그 말이 내 마음을 간질였다.

"진짜 맛있는 집이 있거든. 나만 아는 단골집인데 너한테만 특별히 알려줄게."

"갑자기 웬 떡볶이?"

나는 일부러 차갑게 대답했다.

"내가 장담하는데, 절대 후회하지 않을 거야. 한 번 가면 또

가고 싶을걸."

"어딘데?"

"내려오면 알려줄게."

어느새 해우는 내 코앞까지 다가와 있었다. 나를 향해 쭉 뻗은 해우의 손을 물끄러미 바라보았다. 하얗고 커다란 그 손을 보고 있자니, 문득 그 손을 덥석 잡고 힘든 마음을 털어놓고 싶었다. 왠지 이 아이라면 가능할 것 같았다. 나는 못 이기는 척 해우의 손을 잡았다. 그러자 해우가 나를 난간 아래로 부드럽게 끌어당겼다.

"가자."

해우가 말했다.

함께 옥상을 내려가기 전, 나는 마지막으로 내 뒤를 흘긋 쳐다보았다. 그림자 두 개가 사라지고 흐릿한 그림자 하나만 내 발밑에 딱 달라붙어 있었다.

해우가 옥상 문을 닫으며 내게 물었다.

"새빛상가 알아?"

"응, 알아."

"그 건물 뒷골목에 포장마차 거리가 있거든."

우리는 아무 일도 없었다는 듯 평범한 대화를 이어나갔다. 마치 조금 전 내가 옥상 난간에 올라선 일이 아득히 먼 옛날 일이 되어버린 것 같았다.

해우를 따라 한 걸음씩 계단을 내려가며 나는 내가 제일 잘

할 수 있는 것을 선택했다. 머릿속에서 깨끗이 지워버리는 것. 그래, 잊어버리자. 다시 시작하자. 잠시 생각에 잠겨 있는데 해우가 뒤돌아보며 다시 물었다.

"안 와?"

해맑게 웃은 해우의 얼굴이 나를 다시 평범한 일상으로 이끌었다.

"응! 빨리 가자!"

후다닥 계단을 내려가 해우 옆에 바짝 다가섰다. 해우의 뒤로 늘어진 두 개의 그림자가 길어졌다 줄었다 하면서 흐릿한 내 그림자에 포개졌다.

1. 돌아온 그림자들

그림자들을 떠나보낸 지 2년이 지난 어느 날이었다.

아까부터 누군가 따라오는 것 같았다. 나는 서둘러 발걸음을 옮겼다. 주먹 쥔 손에 땀이 송골송골 맺히고 입술이 바짝 말라붙었다. 괜히 밖으로 나왔나, 후회와 공포가 동시에 밀려들었다.

아빠가 세상을 떠난 후 나는 줄곧 기숙사에서 지내왔다. 오늘 같은 주말엔 기숙사가 텅텅 빈다. 대부분 집으로 돌아가기 때문이다. 나는 딱히 갈 곳도, 돌아갈 곳도 없었기에 주말엔 종종 시내에 나와 아이쇼핑을 즐기곤 했다. 오늘도 다른 날처럼 저녁만 먹고 돌아갈 참이었다. 그런데 이상하게 오늘따라 거리가 한산했다. 상점들도 여느 때보다 빨리 문을 닫더니 금세 거리에 어둠이 내려앉았다.

나는 뛰다시피 재빠르게 걸었다. 그리고 막 골목을 벗어나려는 순간, 누군가 뒤에서 내 팔을 붙잡았다. 헉. 누구지? 여기서 마주칠 사람이 없는데? 심장이 빠르게 뛰었다.

잠깐 멈칫했지만 우선 누구인지부터 확인하려고 황급히 뒤돌아보았다. 내 경계심 가득한 눈초리에 상대가 한 걸음 물러섰다. 어둠 속에서 상대의 얼굴이 서서히 눈에 들어왔다.

내 또래로 보이는 단발머리의 여자애. 그 애가 내 얼굴을 빤히 쳐다보더니 작게 한숨을 내쉬며 말했다.

"하, 드디어 찾았다."

여자애는 왼손으로 머리카락을 쓸어 넘겼다. 반듯하게 잘린 앞머리가 찰랑댔다. 잘 정돈된 머리카락만큼이나 성격도 꼼꼼할 것 같았다. 그 애가 한 걸음 더 내 앞으로 바짝 다가섰다.

"오랜만이야."

나는 너무 놀라서 그 애가 다가온 거리만큼 뒤로 물러섰다. 누구야, 대체? 날 알고 있는 거야?

"나야. 기억 안 나?"

그 애를 뚫어지게 쳐다보았다. 어디서 봤지? 하지만 아무리 봐도 모르는 얼굴이었다.

"정말 모르겠다는 얼굴이네."

그 아이에게서 실망하는 듯한 눈빛이 느껴졌다. 나는 경계심을 풀지 않은 채 물었다.

"그게 무슨 소리야?"

"벌써 잊어버린 거야? 네가 저지른 짓을?"

여자애는 팔짱을 끼고 나를 바라보았다. 그 표정이 너무도 당당해서 마치 내가 죽을죄라도 저지른 느낌마저 들었다.

"다른 사람하고 착각한 것 같은데."

내 말에 여자애는 코웃음을 쳤다.

"2년 전, 네가 날 풀어줬잖아. 옥상에서."

2년 전? 아무래도 뭔가 잘못된 것 같았다. 사람을 잘못 보기라도 한 걸까. 도무지 알 수 없었다.

"모르겠어."

나는 여자애의 시선을 피하며 대답했다. 그 애가 한 걸음 뒤로 물러섰다. 순간 여자애의 얼굴이 가로등 불빛 너머로 사라졌다. 어, 어디 갔지? 여자애를 찾기 위해 나는 주변을 두리번거렸다.

"나야, 네 그림자. 내가 직접 보여줘야 알겠어?"

아래쪽에서 목소리가 들렸다. 얼른 땅을 내려다보았다. 어느새 내 그림자가 두 개가 되어 있었다. 그러더니 두 개였던 그림자가 하나로 합쳐지고, 스멀스멀 조금씩 위로 올라와 사람의 형상이 되어 내 앞에 섰다.

그 아이는 싱긋 웃더니 나의 양팔을 움켜잡았다. 온몸에 소름이 돋았다.

"……말도 안 돼."

"뭐가 말이 안 돼? 내가 사람이 된 거? 아니면 너를 다시 찾아온 거?"

몰아세우듯 여자애가 물었다.

"날 잘 봐, 너랑 닮았잖아."

양팔을 벌리며 여자애가 한 걸음 물러서더니 빙그르르 한 바퀴 돌았다. 나의 그림자라는 확신을 주려는 듯이. 그제야 위화감이 전혀 느껴지지 않았던 이유를 깨달았다.

"아."

여자애의 말대로 그림자는 나를 꼭 닮았다. 묘하게 비슷하다고 해야 할까. 도플갱어를 만난다면 이런 기분일 것 같았다. 차라리 그렇다면 더 현실성 있을 텐데.

여자애의 입가가 실룩거렸다. 드디어 자신을 알아봤냐는 듯한 의기양양한 표정이었다.

"어떻게……."

주변을 둘러보았다. 나도 모르게 몸이 움츠러들었다. 잊고 있던 상처들이 하나둘씩 떠올랐다. 만약 이 아이의 말이 사실이라면……. 고개를 절레절레 흔들었다. 그림자? 그림자가 사람이 됐다고? 혼란스러운 내 마음과 상관없이 여자애는 어제본 친구처럼 나를 스스럼없이 대했다.

"어디든 들어가자. 얘기가 길어질 것 같으니."

그 애가 나를 지나쳐 걸어갔다. 그러곤 다시 휙 돌아 멍하니 서 있는 나를 보았다.

"유나야. 내 이름."

"유나?"

"외국에서 부르기 편하거든."

여자애는 다시 내 앞까지 다가와 온몸이 굳어 있는 나를 빤히 응시하며 말했다.

"자, 이제 네가 사는 데로 가볼까. 할 얘기가 많아."

내가 어디에 사는지 다 안다는 듯, 유나는 나보다 앞서 걸어갔다. 나는 어리둥절한 채로 유나를 뒤쫓았다. 그런데 골목으로 접어든 순간 유나가 다시 흔적도 없이 사라져버렸다.

"유…… 유나야……."

유나는 그림자로 변해 땅 위를 헤엄치고 있었다. 그러다 골목을 벗어나자 사람의 몸으로 돌아와 태연하게 걸었다.

"얼른 따라와!"

"아, 응!"

유나가 그림자라는 게 믿기지 않았다. 꿈을 꾸는 것만 같았다. 볼을 살짝 꼬집어보았다. 따끔한 것이 틀림없이 현실이었다.

미리내 고등학교 앞, 유나가 교문으로 향하는 계단을 올라갔다. 어쩐지 나는 유나와 학교로 가는 게 꺼림칙해서 견딜 수가 없었다. 그때 유나가 뒤돌아서더니 나를 쳐다보았다. 아니, 내 발밑을 내려다보고 있었다.

잠시 말이 없던 유나가 계단을 향해 퉁명스럽게 물었다.

"언제부터 거기 있었어, 초?"

빈 계단에 스르륵 검은 그림자가 떠올랐다. 툭 튀어나온 그림자에 색이 입혀지더니 사람의 형상이 만들어졌다. 귀밑까지 오는 밝은 갈색 머리카락, 하얀색 티셔츠에 찢어진 청바지 차림의 여자애였다.

"에이, 놀라게 해주려고 그랬는데. 어떻게 알았어? 큭큭."

초의 입가에 장난기가 가득했다.

"어설퍼. 2년이 지났는데도 아직 익숙해지지 못한 거야? 어떤 그림자가 그렇게 꿈틀거리니?"

"치. 다음엔 꼭 성공하고 말 거야."

고개를 절레절레 흔들며, 초는 씹던 껌을 플라스틱 물병에 툭 뱉었다. 편의점 음식을 먹었는지 계단 위에는 다양한 포장지와 팩 음료가 어질러져 있었다. 초가 다리를 앞으로 쭉 뻗으며 말했다.

"그나저나 왜 이렇게 늦었어? 한참 동안 숨어 있느라 다리가 너무 아프다고."

"그러게, 누가 그러고 있으래?"

유나가 무심히 대꾸했다. 그런 유나의 얼굴을 살펴보던 초가 툭 내뱉었다.

"죽어가는구나, 너도."

그 말에 일순간 유나의 얼굴이 딱딱하게 굳어졌다.

나는 초와 유나의 얼굴이 닮았다는 사실을 곧 깨달았다. 설마 초도 내 그림자인 거야? 머릿속이 더욱 복잡해졌다. 그때 계단을 내려오던 중년의 여자가 우리의 얼굴을 흘끔거리며 번갈아 보았다.

나는 그들을 향해 조용히 속삭였다.

"이제 들어가서 얘기하자."

내 말에 유나와 초가 그림자로 변하더니 내 발 아래에 딱 달라붙었다. 교칙상 기숙사에는 외부인이 출입할 수 없었기 때문이다. 내 그림자가 어느새 세 개가 되어 있었다. 예전처럼. 학교 안으로 들어가면서도 계속 바닥에 신경이 쓰였다. 아니, 정확히 말하면 세 개의 그림자가.

나는 언덕 끝에 위치한 낡은 기숙사 건물로 들어서자마자 주변부터 살폈다. 기숙사 안은 조용했다. 하지만 조심해서 나쁠 것은 없었기에 내가 묵고 있는 방 앞까지 조용히 걸어갔다. 룸메이트는 주말이면 집으로 가니까 방에 없을 게 당연했지만, 혹시나 하는 마음에 문을 열자마자 방 안을 살폈다. 역시나 룸메이트는 없었다. 그제야 안도감이 들었다.

"무슨 침대가 이렇게 딱딱해? 나는 허리 아파서 이런 데 불편해."

어느새 사람으로 변한 초가 침대에 풀썩 걸터앉더니 주저리주저리 불평을 늘어놓았다. 침대 스프링 튕기는 소리가 방 안에 맑게 울려 퍼졌다.

방에는 이층 침대 하나와 방을 가로지르는 긴 책상이 있었다. 나와 유나는 책상 의자를 꺼내 앉았다.

"불편하면 너도 이쪽으로 와서 앉든지."

나와 마주 보고 앉은 유나가 방 안을 둘러보며 대꾸했다.

"의자는 더 딱딱하잖아!"

사각형 매트리스에 얇은 천을 덮어놓은 침대는 평평했다. 초는 엉덩이를 튕기며 삐걱거리는 낡은 스프링 소리를 만들어내면서, 다닥다닥 붙어 있는 가구들을 눈에 담기라도 하듯 방 안 구석구석을 꼼꼼히 살펴보았다.

똑똑. 누가 문을 두드렸다. 나는 화들짝 놀라서 벌떡 일어나 방문으로 다가갔다.

"방에 누구 있니?"

기숙사 사감이다. 나는 다급히 초와 유나에게 숨으라고 손 짓했다. 문을 열자 기숙사 사감이 의심스러운 눈초리로 방 안을 살펴보았다.

사감이 내게 물었다.

"너 혼자니?"

"네."

기숙사 사감은 여전히 의심스럽다는 눈초리로 방 안을 돌아다니며 구석구석 점검하기 시작했다.

"분명 떠드는 소리가 들렸는데…… 잘못 들었나."

초와 유나는 그림자로 변해 내 발밑에 있다가 어느새 기숙사 사감의 발밑으로 이동해버렸다. 나는 눈치를 보며 사감의 그림자를 봤다. 사감의 그림자가 어느새 세 개가 되어 있었다. 아뿔싸! 기숙사 사감이 침대 가까이에 다가갔을 때, 그림자가 잠시 움찔하며 부풀어 올랐다가 다시 가라앉았다. 사이드 테이블 위에 놓인 수면등 탓이었다. 나는 조명을 껐다. 그러자 사감이 미소를 띠며 말했다.

"그래, 절전해야지. 석유 한 방울 안 나는 나라인데 전기라도 아껴 써야겠지? 착하구나."

다행히 사감은 아무 눈치도 채지 못한 것 같았다.

"기숙사에 외부인 출입 금지인 건 알고 있지?"

기숙사 사감이 습관적인 경고를 날리고 밖으로 나갔다.

철컥. 방문이 닫히자마자 유나와 초가 사람의 모습으로 돌아왔다. 나는 안도의 한숨을 내쉬었다.

"너 때문에 들킬 뻔했잖아."

의자에 앉은 유나가 볼멘소리로 초를 향해 말했다.

"저 괴팍하게 생긴 여자가 날 밟았다고. 얼마나 아팠는지 알아?"

초는 억울한 표정을 지으며 침대에 앉고는 몸을 튕겨내듯 일정한 속도로 방방 뛰었다. 다시금 방 안에는 끼익끼익 침대 매트리스의 스프링 소리가 울려 퍼졌다.

"그동안 어디서 지냈어?"

분위기를 환기하듯 유나가 부드러운 목소리로 물었다.

"호주에 있었어. 비행기 타고 왔지."

"참 멀리도 갔네."

초는 살짝 뚱한 얼굴이었지만 친절하게 대답했다. 둘은 자연스럽게 대화를 이어갔다.

"너야말로 어디에 있었는데?"

초가 팔짱을 끼며 되물었다.

"여기저기에. 한곳에 머물진 않았어."

"비행기를 타봤어?"

나는 혼란스러운 얼굴로 물었다.

"그림자도 비행기에…… 아니, 여권도 없이 어떻게……."

초는 새끼손가락으로 머리카락을 동그랗게 빙글빙글 꼬았다. 탄성을 지닌 짧은 머리카락은 금세 풀려나 제자리로 돌아갔지만, 초의 손은 계속 같은 행동을 반복했다.

"물론 신분증은 없어. 비행기 타는 동안 잠시 그림자로 변해 숨어 있었는걸."

초는 중년 여성의 그림자에 잠시 붙어 있었다고 했다. 입국 심사가 끝나고 비행기에 탑승할 때까지 그 여자의 그림자에 최대한 숨어 있다가, 탄로 날 것 같으면 재빨리 옆 사람에게 옮겨갔다. 그렇게 여러 사람을 거쳐 다시 한국 땅으로 온 것이다.

"비행기는 딱 질색이야. 열 시간 넘게 이 사람 저 사람의 발뒤꿈치를 붙잡고 있으면 손에 쥐가 난단 말이야."

초는 양손을 꽉 쥐었다 펴기를 반복했다.

"나처럼 숙련되면 쉬워질 거야. 난 의자 아래에 붙어 있거든. 그럼 굳이 옮겨 다닐 필요 없이 비행하는 동안 한숨 푹 잘 수도 있어."

유나는 팔짱을 끼며 대꾸했다.

나는 다른 것보다 초와 유나가 한국으로 돌아온 이유가 궁금했다. 무엇보다 나를 다시 찾아온 이유를 알고 싶었다. 마른 침을 꿀꺽 삼키며 조심스럽게 물었다.

"그런데 너희들, 한국으로 왜 돌아왔어?"

초는 무슨 그런 질문을 하냐는 듯 고개를 갸웃거렸다.

"너를 보기 위해서지."

"나를?"

초는 기지개를 켜며 몸을 쭉 뻗었다. 급격히 길어진 상체 때문에 하체가 상대적으로 굉장히 짧아 보였다.

"네가 풀어준 그날부터 나는 점점 사람이 되어갔어. 날마다 색이 입혀졌지. 지금 이렇게 보이는 것처럼."

"사람이 되어갔다고? 어떻게 그게 가능해?"

초는 머리카락을 빙그르르 돌리던 손을 멈추고 나를 빤히 쳐다보았다.

"나야말로 묻고 싶은 게 있어. 여리 네가 우릴 사람으로 만들어줬잖아."

"내가?"

"응. 그런데…… 한 달 전부터 때때로 그림자로 돌아가는 거야."

초가 유나를 향해 물었다.

"너도 그래서 온 거 아냐?"

유나가 고개를 끄덕였다. 나는 손으로 이마를 짚었다. 도저히 이 상황이 이해되지 않았다. 이해하려고 하면 할수록 머릿속이 뒤죽박죽되는 것 같았다.

초가 대뜸 양말을 벗더니 침대 밖으로 발을 쭉 뻗었다.

"봐봐. 하루에도 몇 번씩 이렇게 변한다고. 점점 그 범위도 넓어져."

초의 발가락부터 발등까지가 투명하고 검은 그림자의 모습으로 변해 있었다. 나도 모르게 자리에서 일어나 초에게 가까이 다가갔다. 초의 발등을 살짝 건드려보았다. 아무런 느낌이 없었다. 좀 더 용기 내어 손을 뻗었지만, 그대로 초의 발을 통과해버리고 말았다. 나는 움찔거리며 손을 거두었다.

"자, 이제 치료해줘."

초가 쭉 뻗은 발을 흔들었다. 맡겨놓았던 물건이라도 찾으려는 것처럼 당당한 태도였다.

"치료해달라니? 그게 무슨 소리야?"

나는 어이가 없어 물었다. 그러자 초가 도도하게 대답했다.

"네가 내 주인이잖아. 그러니 방법도 네가 알겠지. 난 다시 그림자로 돌아가기 싫거든."

'주인'이라는 단어에 나도 모르게 멈칫했다. 나는 그림자를 사람으로 만드는 방법을 알지 못했다. 솔직하게 말하고 싶었지만, 초의 얼굴이 한껏 기대감에 차 보여서 망설여졌다.

"어서."

초가 재촉했다.

"나는…… 몰라."

"모른다고?"

초의 얼굴이 구겨졌다.

"주인인 네가 모르면 누가 알아?"

초의 목소리가 격양되어 있었다. 내가 쭈뼛거리자, 옆에서 그 모습을 보고 있던 유나가 침착하게 말을 이었다.

"내가 알아."

"안다고?"

초가 눈을 크게 치켜뜨며 유나를 바라봤다. 그런 초의 시선에도 아랑곳하지 않은 채 유나는 말을 이어갔다.

"그림자 상점."

이 한마디를 했을 뿐인데, 이상한 냉기를 실은 바람이 방 안을 훑고 지나간 것 같았다. 분명 차가운데 온화함과 행복한 기운까지 느껴지는 바람이었다. 나는 순간 기분이 몽롱해졌다.

잠시 정적이 흘렀다. 마치 이제부터 모험이 시작될 것만 같은 예감이 들었다.

"그림자 상점?"

속삭이듯 초가 되물었다.

"그림자를 수선해주는 곳이야. 듣기로는 빛과 안개로 둘러 싸인 섬에 숨겨져 있대. 상처 입은 그림자들이 운명처럼 닿게 되는 곳. 해와 달의 비밀 안식처이기도 하지."

그야말로 비밀스러운 이야기를 풀어내듯 유나는 한껏 목소 리를 낮추고 말했다. 이야기를 듣는 내내 심드렁한 표정을 짓 던 초가 입을 열었다.

"나도 들어보긴 했어. 그런데 실제로 존재하는 거야? 그곳 에 가고 싶어 하는 그림자를 만난 적이 있어. 그곳을 찾아 헤 매다가 결국 다시 돌아왔다고 하더라. 그림자 상점이 있는 곳 은 아무도 모른다고 들었는데……."

그림자를 수선해준다니. 그런 곳이 있다고? 까맣고 투명한 초의 발이 눈에 들어왔다. 어쩌면 정말 가능할지도 몰랐다. 그 림자가 사람이 되고 또다시 그림자로 변한다면, 다시 사람이 될 방법도 있겠지.

"그동안 나는 그림자 상점으로 가는 길을 알아보려고 노력 했어. 그곳으로 가는 길은 조각 퍼즐 같더라. 그래서 이곳저곳 을 돌아다니며 힌트를 하나씩 모아야 했어. 그런데 방금 너를 만나면서 마지막 잃어버린 퍼즐 조각 하나를 찾은 거야."

흥분한 유나의 목소리는 들판을 가로지르는 폭주 기관차 같았다. 짧은 시간 동안 너무 많은 말을 뱉어낸 탓인지 유나는 숨을 헉헉거렸다. 나는 유나의 말을 이해하기 어려워서 멍한 표정으로 눈을 껌뻑이다가 의아한 표정으로 물었다.

"무슨 뜻이야?"

말이 떨어지기 무섭게, 초와 유나가 약속이나 한 듯 한목소리로 외쳤다.

"너도 함께 가자고."

"어딜? 그림자 상점에?"

혼란스러웠다. 어딘지도 모르는 장소에 무턱대고 가자니. 그때 유나가 말했다.

"그림자 상점에는 주인도 함께 가야 해. 그렇지 않으면 돌이킬 수 없는 일이 벌어지거든."

돌이킬 수 없는 일? 나는 쉽게 대답하지 못한 채 머뭇거렸다. 그런 나를 향해 두 그림자가 서로를 쳐다보며 안타깝다는 표정으로 한숨을 내쉬었다.

"언제까지 그림자를 숨기며 살아갈 거야?"

유나가 물었다. 냉담한 그 목소리가 불편한 가시가 되어 나를 푹 찌르는 것만 같았다. 아무에게도 들키고 싶지 않았던 비밀이 순식간에 드러난 기분이었다. 나에 대해 어디까지 알고 있는 걸까.

"무슨 뜻이야?"

내 물음에 유나가 턱을 괴며 대답했다.

"그곳에서는 가능해."

"가능하다니, 뭐가?"

"갈라지지 않고 희미하지도 않은 그림자를 너도 가질 수 있다는 말이야."

나는 그림자들을 번갈아 바라보았다. 내 그림자는 예전처럼 세 개가 아니었지만 평범하지도 않았다. 아주 희미하게 변해버려서 때때로 다른 그림자에 흡수되곤 했다. 한번은 친구들과 함께 있는데, 내 그림자가 친구의 그림자에 달라붙은 적이 있었다. 마치 나는 그림자가 없는 모양새였다. 이런 일은 종종 있었는데, 그때마다 나는 그 모습을 들킬까 봐 안절부절못했다.

"나는 학교도 가야 하고……."

"곧 방학이잖아."

이미 나에 대해 모든 걸 알고 있다는 듯 유나가 웃으며 대꾸했다.

"돈이라면 걱정하지 마. 그림자 상점에 가는 비용은 내가 다 낼게."

"네가?"

초가 들뜬 목소리로 외쳤다.

"뭐 하러 고민해? 무조건 가야지!"

흥분한 초의 몸짓에 낡은 침대의 스프링 소리가 연이어 들렸다.

"나는……."

"또 비겁하게 죽으려고?"

여전히 머뭇거리는 내가 답답했는지 유나가 날카롭게 물었다. 유나가 말을 내뱉을 때마다 그 입술에서 냉기가 흘러 나와 방 안을 차갑게 만드는 것 같았다.

침묵이 흘렀다. 이 상황이 불편한 나와 달리 유나는 무척이나 침착해 보였다. 힘든 일을 다 견뎌내고 인생의 끝에 다다른 노인처럼, 아무런 미련도 남지 않은 초연한 눈빛이었다.

"선택은 네가 해. 평생 그렇게 살던지, 우리와 함께 가던지."

나는 입술을 깨물었다. 오히려 아픈 기억을 꺼낸 유나가 비겁하지 않나. 일부러 상처를 건드리고 원하는 대답을 유도하다니 말이다. 하지만 나도 알고 있었다. 언제까지나 그림자를 숨길 수만은 없다는 것을. 매일 바닥만 보며 걸어야 하는 인생. 아침에 눈뜰 때마다 왜 나만 다른 그림자를 가졌을까, 왜 나는 다를까 하는 생각에 매일 죽고 싶었다. 다시 그 족쇄 같은 과거로 돌아가고 싶지 않았다.

지긋지긋해. 유나와 함께 가지 않으면 죽을 때까지 이렇게 살겠지. 정말 그림자 상점이라는 곳이 존재한다면 내 그림자를 고칠 수 있을지도 모른다. 잠시 고민하는 그때 갑자기 하늘이 번쩍이고 천둥이 치더니 전등이 파드득 꺼졌다. 위협으로 느껴질 만큼 커다란 소리였다. 캄캄한 어둠이 방 안을 뒤덮었다. 나는 으스스한 기운에 몸을 파르르 떨며 바닥에 주저앉아 버렸다.

잠시 후 어디선가 작은 불빛이 일렁였다. 유나가 금으로 만든 촛대를 들고 있었다. 일렁이는 붉은빛이 유나의 얼굴을 비추고 있었다. 진지한 얼굴로 유나가 나지막이 말했다.

"이미 퍼즐은 맞춰졌어. 우리가 만난 이상 너는 함께 가야 해. 그게 네 운명이야."

유나가 들고 있는 촛대에 파란 불꽃이 피어올랐다가 수그러지기를 반복했다. 마치 춤을 추는 것 같았다.

보통의 그림자를 가진 내 모습을 상상해보았다. 다른 사람들과 자연스럽게 어울려 다니고 당당하게 눈부신 햇살이 쏟아지는 거리를 걸어가는 모습을. 헛된 희망을 품고 싶지 않았지만, 어쩔 수 없는 기대감이 스르륵 마음속에 자라났다.

하지만 만약 잘못된다면? 마지막 남은 희미한 그림자마저 잃게 되면 어떡하지? 무작정 찾아온 유나를 믿을 수 있을까. 지금도 충분히 불편한 내 인생이 더 복잡해지는 건 아닐지 걱정되었다. 지금의 선택을 후회할지도 모른다는 불안감이 머릿속을 복잡하게 했다. 그와 동시에 정말 평범한 그림자를 얻을 수도 있다는 희망이 그 불안을 일순 잠재웠다. 마치 춤을 추는 불꽃처럼.

"갈게, 나도."

내 대답과 함께 유나의 얼굴에 흡족한 미소가 떠오르더니 전등이 다시 깜빡이기 시작했다. 순식간에 어둠이 걷혔다. 갑작스럽게 밝아진 시야에 나는 인상을 찌푸렸다. 유나가 손에 쥐고 있던 촛대를 향해 후 하고 바람을 내뱉었다. 우아하게 춤추던 불이 꺼지고 다시 하얀 연기가 공기 중으로 흩어졌다.

공기의 흐름이 다시 한번 바뀌었다. 한결 따스해진 바람은, 내일을 향해 피어나는 푸른 풀꽃의 향기처럼 싱그러웠다. 잔잔하던 내 마음에 작은 파동이 일었다. 그래, 가보는 거야. 죽음도 두렵지 않던 시간이 있었는데…… 그깟 여행쯤이야.

2. 길목 분식

얼마 후 겨울방학이 시작되었다.

나는 약간의 용돈과 여벌 옷까지 챙겨서 기숙사를 나섰다. 학교 근처 숙소에서 머물고 있던 초와 유나를 만나기 위해서였다.

교문을 나서자 이내 그들의 모습이 보였다.

"그림자 상점에는 어떻게 가야 하는지 알아봤어?"

"일단 KTX를 타고 부산으로 가야 해. 거기서 배를 타야 하거든."

우리는 부산행 티켓을 끊고 무작정 기차에 올랐다.

"그나저나 이모 허락은 받았어?"

초의 물음에 눈물이 왈칵 쏟아질 뻔했다. 형식적이었지만 이모는 나의 보호자다. 그래서 이번 방학에는 기숙사에 남겠다고 전화를 했는데, 이모는 이유도 묻지 않고 알겠다고 했다. 어쩌면 내가 집에 오지 않는 걸 더 좋아하는지도 몰랐다. 방학 기간에 이모네 집에 가서 머문 적은 있었지만 더부살이 느낌을 지울 수는 없었다. 이모부는 알게 모르게 눈치를 줬고, 사촌들 역시 내게 호의적이지 않았다.

저녁때였다. 친척 동생이 내게 물었다.

"누나, 그림자가 왜 그래?"

바닥을 내려다보니 내 그림자가 식탁에 앉은 세 명의 그림자에게 둘러싸여 있었다. 다른 그림자들이 내 그림자를 조금씩 흡수하고 있었다. 내 그림자는 괴로운 듯 벗어나려고 몸부림쳤지만 서서히 그들에게 조금씩 먹혀갔다.

친척 동생은 금방이라도 울 것 같은 얼굴로 이모의 팔을 잡아당겼다.

"엄마! 저거 봐!"

내 그림자를 손가락으로 가리키면서 이모의 시선을 잡아끌었다. 나는 도망치듯 식탁에서 일어섰다. 최대한 다른 그림자로부터 떨어지기 위해 부엌 쪽으로 성큼 걸어갔다. 그런 나를 바라보며 이모부가 눈살을 찌푸렸다.

"전…… 다 먹어서요. 제가 설거지할게요."

손에 고무장갑을 끼고 물을 틀었다. 수세미에 세제를 조금 묻혀 거품을 낸 뒤 그릇을 닦기 시작했다. 세제 거품이 들어간 걸까. 어쩐지 눈물이 나올 것만 같았다.

설거지를 마치자마자 가벼운 외투만 걸친 채 집을 나섰다. 그렇게 정처 없이 떠돌다 보면 매번 같은 자리에 서 있곤 했다. 상호만 다를 뿐이지 모두 떡볶이를 파는 분식집 앞이었다. 삶이 힘겨울 때마다 나는 떡볶이 가게를 찾아가 꼭 1인분의 떡볶이를 주문했다. 맵고 뜨거운 떡을 꼭꼭 씹어 삼키면 그 순간은 잠시나마 버틸 수 있었다. 그런 나날이 지속되자 어느새 동네에 안 가본 분식집이 없을 정도로 모든 떡볶이 가게를 섭렵하게 되었다.

"무슨 생각을 그렇게 골똘히 해?"

두 손으로 턱을 괴고 생각에 빠진 내게 맞은편에 앉아 있던 초가 입가에 과자 부스러기를 잔뜩 묻힌 채로 말을 걸어왔다. 그때서야 초가 눈에 들어왔다.

"근데 넌 안 어지러워? 뒤로 가면서 먹으면."

옆자리에서 책을 읽던 유나가 초를 흘기며 물었다. 기차는 일정하게 철도 위를 빠르게 달리고 있었지만, 초가 앉은 자리는 역행이었다. 반대 방향에 앉아 있으면 멀미라도 날 법한데, 초는 전혀 어지럽지 않은지 멀쩡히 과자를 먹고 있었다.

"기차 타는 묘미가 뭐겠어. 먹는 거지."

초는 과자를 아작아작 씹으며 대답했다. 그러더니 앞에 놓인 과자 봉지를 새로 뜯고는, 이번엔 아예 봉지에 코를 대고 쿵쿵 냄새를 맡더니 과자를 한 움큼 집어서 입안에 몽땅 털어 넣었다. 와그작 와그작 과자 부서지는 소리가 경쾌하게 들렸다.

나는 창밖으로 시선을 돌렸다. 푸릇푸릇한 시골 풍경이 빠르게 스쳐 지나갔다. 최종 목적지는 그림자 상점. 그런데 그곳이 어디에 있는지도 모른 채 우리는 무작정 상점이 있다는 그 섬을 향해 가고 있었다. 여전히 비현실적인 상황이다. 그러다 보니 나는 슬슬 걱정이 밀려왔다. 왜 항상 결정한 후에는 생각이 많아질까.

"걱정 마. 그림자 상점에 가는 편이 네게도 나으니까."

내 마음을 눈치라도 챈 듯 유나가 책에서 시선을 떼지 않은 채 툭 말을 건넸다.

"생각해 봐. 우리가 그림자로 돌아가면 어디로 가겠어? 다시 너한테 찰싹 달라붙어 있을걸? 예전처럼. 아니, 어쩌면 더 강력하게."

유나는 책을 덮더니 나를 보며 웃었다.

"그건 너도 싫잖아."

나를 위한 말인 듯했지만, 오히려 그 반대다. 말투가 은근한 협박처럼 들렸다. 애초에 내게 선택권은 없다는 말처럼. 유나는 대체 무슨 의도로 그런 말을 한 걸까. 그렇게라도 말하면 내가 모든 걸 체념하고 편해질 거라고 생각하는 걸까.

단조로운 멜로디가 흐르고 부산역에 도착했다는 안내방송

이 나왔다. 사람들은 어느새 승차 출입구 앞에 한 줄로 서서 대기하고 있었다. 우리도 얼른 배낭을 메고 맨 뒤에 줄을 섰다.

꼬르르륵. 내 위장도 신호를 보내왔다.

"배고파?"

기차에서 내리며 유나가 물었다.

"아, 아니."

"배고파지면 말해."

유나가 나를 보며 빙긋 웃더니 한마디 툭 던지고는 앞서 걸었다.

✳

유나가 예약해둔 호텔 방은 세 명이 묵기에 적당한 크기였다. 더블 침대와 싱글 침대가 하나씩 있고, 침대 맞은편에는 길쭉한 화장대와 원형 탁자가 놓여 있었다. 나는 호텔은 처음이라 설레는 마음을 감출 수가 없어서 방 구석구석을 들여다보았다. 안락해 보이는 새하얀 시트와 푹신하고 깃털처럼 가벼워 보이는 구스 이불, 고급스러운 흰색 커튼, 벽에 걸린 멋들어진 추상화, 최신형 티브이까지. 또 화장실에는 대리석으로 만들어진 욕조, 그 위에 장미향이 은은하게 풍기는 비누와 언뜻 봐도 고급진 샤워 용품들이 색깔별로 비치되어 있었다.

그때 초가 침대 위로 몸을 날리며 벌러덩 드러누웠다. 얼마나 스프링 탄성이 좋은지 매트리스가 초의 몸에 출렁하고 파도를 일으켰다.

"좀만 쉬자."

"짐 먼저 풀고."

유나가 못마땅한 듯 눈살을 찌푸리더니 카펫 위에 배낭을 내려놓으며 대답했다. 그러자 초가 물었다.

"야, 그런 건 나중에 해. 안 피곤해?"

초에게 아무런 대답도 하지 않은 채 유나가 가방을 열었다.

"그게 뭐야?"

엎드려 있던 초가 놀란 양 눈동자를 굴리며 물었다.

"책."

"그걸 몰라서 묻겠냐? 무슨 책이냐고."

유나는 들은 척 만 척 가방에서 갈아입을 옷과 칫솔 도구를 연이어 꺼냈다. 초가 손을 뻗어 유나가 가져온 책을 집어 들었다.

"작은 아씨들? 의외네. 이런 고전 소설도 읽고. 감성이라고는 1도 없어 보이는데."

"가끔 읽어."

유나는 옷가지를 잘 포개어 침대 옆에 정리해두었다. 초가 눈을 반짝이며 물었다.

"책이 재밌어?"

"적어도 사람들 만나서 쓸데없는 얘기를 늘어놓는 것보다는 나아."

갈색 표지의 두꺼운 책은 유나가 기차에서부터 읽던 책이었다. 초가 흥미롭다는 표정을 지으며 책장을 넘기다 한 페이지를 보고 눈이 휘둥그레졌다. 주요 등장인물인 네 자매의 캐릭터가 삽화로 그려진 페이지였다. 초가 유나를 향해 책을 들어 보였다.

"남들 눈엔 우리도 이렇게 보이지 않을까? 자매나 쌍둥이들처럼."

초가 물었다. 그림 속 자매들은 다정해 보였다. 따스한 온기가 책장 너머까지 전해지는 것 같았다.

나는 다시 한번 초와 유나의 얼굴을 비교해보았다. 닮으면서도 어딘지 모르게 조금씩 달랐다. 처음에는 너무 비슷하다고만 생각했는데, 함께 시간을 보내다 보니 성격이나 외양, 취향도 확연하게 차이가 났다. 그런데도 둘은 본질적으로 떼어놓을 수 없는 느낌이 들었다. 내 그림자이기 때문일까.

"그러게. 지금도 마치 가족이랑 여행하는 것 같아."

내 말에 유나가 피식 웃었다.

"왜 웃어?"

"웃기잖아. 자매니 가족이니 하는 거. 어차피 서로의 필요를 위해 잠깐 함께하는 것뿐인데. 어차피 그림자 상점에 도착하면, 아니 서로 원하는 것만 얻으면……."

유나는 말끝을 흐렸다.

"이 일만 끝나면 영원히 안녕이라는 거야?"

"그건 그때 가봐야 알겠지."

유나는 건조한 목소리로 대답했다.

"난 잘래. 이런 책은 너 혼자 실컷 읽든지."

흥미가 떨어졌다는 듯 초가 침대 아래로 책을 툭 던져놓고는 돌아누워 잠을 청하려고 하자, 그때 유나가 말했다.

"잠깐만 기다려."

"왜?"

초의 심드렁한 대꾸에 유나는 별말을 하지 않았다. 그저 냉장고에서 꺼낸 차가운 물을 주전자 포트 안에 부을 뿐이었다. 잠시 후 물이 부글부글 끓기 시작했다. 유나는 탁자 위에 놓인 유리잔에 티백을 넣어두고는, 잠시 후 삐 소리와 함께 포트의 전원이 꺼지자 주전자를 들고 와서 뜨거운 물을 부었다.

"차 한 잔 마시고 자."

"됐어. 안 마셔."

눈을 감은 채 초가 대꾸했다.

"일부러 가져온 거야. 이 꽃차를 마시면 푹 잘 수 있을 거야."

그 말에 초가 못 이기는 척 몸을 일으켰다. 유나는 내게도 찻잔을 건넸다. 점점 더 진하게 초록색으로 물들어가는 찻물에서 달달하면서도 기분 좋은 향이 났다.

"무슨 꽃차야? 향이 정말 좋아!"

"내가 직접 딴 꽃잎으로 만든 거야. 몇 가지 조합했지."

티백 안에 분홍색 별사탕 같은 동그란 알갱이들이 보였다. 달짝지근한 향이 기분을 좋게 만들었다.

"한 모금 마셔봐. 정말 입속에 봄꽃이 피는 느낌이라니까. 향기가 온몸으로 퍼져나갈 거야."

나는 유나가 권하는 차를 조금씩 호호 불어 마셨다. 반면 초는 어느새 후루룩 소리를 내며 차를 한 번에 들이켰다.

"앗, 뜨거! 그래도 맛은 좋네."

찻물이 너무 뜨거웠는지 인상을 팍 쓰더니 곧 만족스런 얼굴로 변해 있었다. 초의 입에서 달달한 향이 강하게 흘러나왔다.

유나는 그 모습을 지켜보았다.

"하암, 갑자기 졸려……."

초가 하품을 길게 내뱉었다. 그러고는 고개가 옆으로 기울어지더니 스르륵 이불 위로 쓰러졌다.

"초……."

대답은 들리지 않았다. 나도 덩달아 잠이 밀려왔다. 눈꺼풀이 내 의지와 상관없이 자꾸 감겼다. 흐릿해지는 시야에 유나의 얼굴이 제대로 보이지 않았지만, 어쩐지 웃고 있는 것 같았다. 유나를 부르기 위해 입을 열었다. 하지만 목소리가 나오지 않았다. 갑자기 목소리를 잃어버린 인어공주가 된 것 같았다. 온몸에 힘이 빠져 한없이 가벼워진 느낌이었다. 옆으로 고꾸라진 나를 향해 유나가 조용히 속삭였다.

"잘 자."

곧 세상이 검게 물들었다.

✳

"일어나!"

다급한 목소리에 눈을 떴다. 나를 내려다보는 초의 얼굴이
창백하게 질려 있었다.

간신히 고개를 든 나를 향해 초가 외쳤다.

"사라졌어!"

"……응?"

나는 눈을 비비며 일어났다.

"유나 말이야. 도망갔다고!"

나는 방 안을 둘러보았다. 한낮의 햇살이 방 안을 환하게 비
추고 있었다. 대체 얼마나 오랫동안 잠이 들어 있었던 거지?
초의 말대로 유나의 침대는 비어 있었다. 누운 흔적 하나 없이
시트가 매끈했다.

"무슨 소리야?"

"너를 봐."

망연자실한 얼굴로 초가 침대에 걸터앉았다. 나는 일어나
거울에 비친 내 모습을 확인했다. 부스스한 머리 말고는 달라
진 게 없어 보였다.

"이 바보야! 네 그림자를 보라고!"

그 말에 나는 반사적으로 고개를 숙였다. 없다. 그림자가 없었다. 몇 번이고 발걸음을 옮겨도, 희미한 내 그림자가 보이지 않았다.

어째서? 심장이 쿵쾅거렸다. 무슨 일이 벌어졌는지 파악하기도 전에 초가 먼저 말했다.

"훔쳐갔어."

내 그림자를? 호흡이 가빠지고 심장박동이 점점 속도를 내며 달렸다. 갑자기 앞이 아득해지면서 다리에 힘이 풀렸다. 나는 눈사람이 녹아내리듯 그대로 바닥에 주저앉았다. 그리고 무릎을 겨우 붙잡고 절망적인 눈빛으로 초를 올려다보았다.

"이럴 줄 알았어. 분명 딴생각이 있을 줄 알았지."

초가 주먹을 꽉 쥔 채 씩씩거렸다.

아, 이제 어쩌지. 처음부터 의도적으로 내게 접근한 걸까. 유나는 기차 안에서도 계속 내 그림자를 훔쳐갈 궁리만 했던 걸까. 이대로 돌아가면 나는 평생 그림자 없이 살겠지. 어렸을 때처럼 나를 향해 수군거릴 사람들의 얼굴이 머릿속에 그려졌다. 식은땀이 흘렀다. 유나가 함께 가자고 제안했을 때 거절했어야 했다. 나는 땀으로 축축해진 손으로 바닥을 짚고 일어나려고 했지만 휘청대는 몸을 가눌 수 없었다.

"잡히기만 해봐. 가만두지 않을 거야."

초가 부들부들 떨며 분노했다.

체크아웃 시간이 다가와 쫓겨나듯 호텔을 나왔다. 어디로 가야 할지 망설이던 우리는 배낭을 메고 호텔 주변을 서성였다. 그림자가 없다는 사실을 받아들이고 싶지 않아서였을까. 어느새 나는 초와 함께 호텔 옆에 있는 시장 골목으로 발걸음을 옮기고 있었다.

해가 중천에 떠 있었지만 골목 안은 어두컴컴했다. 나는 상가들에 가려진 커다란 그림자 안에 몸을 숨긴 채 걸었다. 파우치를 열어 돈을 세어보았다. 서울로 올라갈 푯값 정도밖에 남아 있지 않았다. 돈을 내준다던 유나의 말만 철석같이 믿었던 과거의 내가 한심스러웠다.

"처음부터 의심스러웠어. 다른 꿍꿍이가 있었던 건데, 그래서 표정도 우울하고 속도 내비치지 않은 거야. 그림자 상점이라는 뜬구름 잡는 이야기를 할 때부터 눈치 챘어야 했는데."

걷는 내내 초가 끊임없이 구시렁거렸다. 나는 골목을 둘러보며 최대한 희망적인 목소리로 말했다.

"이 근처에 있을지도 몰라."

"너라면 근처에 있겠냐."

나는 대꾸할 수 없었다. 만약 내가 유나라면 분명 멀리 가버렸을 테니까.

짠 내 가득한 바닷바람이 사람들의 동선을 따라 골목 안으로 밀려 들어왔다 나갔다. 스티로폼 박스에 생선을 담아 나르는 사람들의 발소리 사이로 흐릿하지만 철썩이는 파도 소리가 골목 끝에서 들려왔다. 이따금 뱃고동 소리도 울려 퍼졌다.

초가 갑자기 멈춰 섰다. 어두운 얼굴로 골목을 쓱 둘러보더니 곧이어 말했다.

"배고파."

지금 이 상황에서 배고프다니 어처구니가 없었다. 하지만 초는 막무가내였다.

"연료가 있어야 움직이지. 한 걸음도 못 가겠단 말이야."

"뭐 먹고 싶은데?"

"뭐든 좋아."

아직 점심시간 전이라 그런지 식당 대부분이 문을 열지 않았다. 식당들은 영업 준비에 한창이라 먹자골목에는 기름 냄새와 맛있는 음식 냄새가 솔솔 풍겼다. 노릇노릇하게 구워지는 생선과 기름에 바삭바삭 익어가는 튀김, 얼큰하게 끓고 있는 해물탕 등. 음식 냄새를 맡다 보면 눈앞에 음식이 아른거릴 정도였다.

어디선가 매콤한 냄새가 코를 찔렀다. 초가 구부정하게 허리를 굽힌 채 킁킁대며 냄새의 근원지를 찾아 헤맸고, 나는 초의 뒤에 바짝 따라붙어 걸어갔다. 잠시 후, 초가 막다른 골목 끝에 멈춰 섰다. 딱 보아도 허름해 보이는 가게. '길목 분식'이라고 적힌 낡은 간판이 보였다.

네온 불빛이 꺼졌다 켜졌다를 반복했다. 낮인데도 불구하고 불빛의 반짝임은 점점 더 속도를 냈다. 번쩍번쩍. 마치 우리에게 손짓하듯이. 그러다가 어느 순간 펑! 하는 소리와 함께 불빛이 완전히 꺼져버렸다.

이곳에 들어가도 되는 걸까? 가게 안으로 들어가려니 두려움이 몰려왔다. 살짝 열린 문틈으로 가게 안을 몰래 엿보려는데, 초가 어느새 삐그덕대는 문을 박차고 들어갔다.

"야! 기다려! 같이 가!"

가게 안으로 들어가자마자 구석에 놓인 커다란 기계가 먼저 눈에 들어왔다. 반짝이는 은색 기계에서 요란한 소리가 들리며 가래떡이 차르르 흘러나오고, 그 옆으로 화려한 금박으로 덮인 테이블과 의자 들이 놓여 있었다. 바닥에는 내 모습이 비칠 정도로 깨끗한 새하얀 대리석이, 사방에는 고급스러운 고대 양식 무늬의 푸른색 벽지로 도배되어 신비로움을 안겨 주었다.

쿵쿵. 초의 발걸음이 멈춘 곳에 메인 부엌이 있었다. 두 개로 나뉘어 있는 철판에 새빨간 떡볶이가 가득 담겨 있고, 그 옆에는 어묵 탕이 연기를 내며 팔팔 끓고 있었다. 긴 가래떡에서 반지르르한 윤기가 흘러 무척 먹음직스러워 보였다.

철판 아래 펄럭거리는 흰 종이가 눈에 띄었다. '오늘은 모두 공짜'라고 적혀 있었다. 이런 행운이 있다니! 오늘 방문하는 사람들에게는 음식 값을 받지 않는다는 걸까. 주인에게 물어보고 싶었지만 어디에도 주인의 모습은 보이지 않았다.

"오! 다 공짠가 봐."

초의 얼굴이 환하게 밝아졌다. 그때 초록색 앞치마에 붉은 조끼를 입은 백발의 할아버지가 가게 안으로 들어왔다. 할아버지라고 하기에는 지나치게 큰 키에 건장한 체구를 갖고 있었다.

"아니, 왜 이제 와?"

할아버지는 마치 아는 사람처럼 우리를 반겼다. 겉모습과 다르게 정감 있는 목소리였다. 할아버지가 빨간 딸기코를 쓱 훔치며 말했다.

"그림자 상점에 가려고 왔지?"

"네? 그걸 어떻게……."

"일단 앉으렴."

쭈뼛쭈뼛 서 있던 우리는 금박의 테이블 앞에 앉았다. 테이블에도 신비로운 갖가지 문양들이 새겨져 있었다. 테이블을 만지니 문양들이 살아 움직이는 것처럼 꿈틀댔다.

할아버지는 철판에 있는 떡볶이를 그릇에 가득 담아 내왔다.

"아침도 못 먹었을 텐데, 어서 먹거라."

초가 허겁지겁 떡볶이를 먹기 시작했다.

"너도 얼른 먹으렴."

할아버지는 멍하니 있는 내게 고갯짓을 하고는 뜨거운 어묵 국물 두 그릇을 내왔다.

"저…… 우리가 그림자 상점에 가는 걸 어떻게 아셨어요?"

내 질문에 할아버지는 어깨를 으쓱했다.

"그림자 없는 꼴을 보니…… 쯧쯧. 뻔하지."

유나가 종적을 감춘 후, 내게 그림자가 없다는 사실을 알아챈 첫 사람이었다. 창피한 감정이 들기도 전에 지금 처한 현실이 새삼 확연히 느껴졌다. 그림자가 없다는 걸 어떻게 금방 알아챘지? 그림자 생각을 하니 갑자기 가슴이 답답했다.

"그림자 상점을 아세요?"

떡볶이 국물이 가득 묻은 입술을 오물오물거리며 초가 물었다.

"알다 뿐이야? 직접 가봤는걸."

할아버지는 별일 아니라는 듯이 툭 내뱉었다. 그러곤 번쩍번쩍 금칠을 한 의자를 끌고 와서는 우리 앞에 앉았다.

"정말요?"

"네 나이 때였나, 아득해서 기억도 잘 안 나네."

그림자를 수선해주는 곳, 그림자 상점. 그래, 그림자 상점을 처음 말한 것도 유나였지. 그런데 유나가 도망가고 그 말 역시 거짓말 같았다. 그런데 주인 할아버지가 그곳을 직접 가보았다니! 일말의 희망이 생겼다. 하지만 동시에 헛된 기대를 하고 실망하게 될까 봐 두려운 마음도 들었다.

"맞다! 내 그림자가 찢어진 적이 있었어. 그래서 어딘지도 모르는 그림자 상점을 겨우겨우 물어 찾아갔지. 섬까지만 가면 금방 찾을 줄 알았는데, 가서도 한참을 헤맸다니깐."

할아버지는 기억을 떠올리려는 듯 눈을 감았다. 초가 침묵

을 참지 못하고 입을 떼려는데, 그때 할아비지기 다시금 말을
이었다.

"내가 말이지, 그림자 상점을 찾아가다가 죽을 뻔했다니깐.
몇몇 사람들이 그곳을 찾아가다가 길을 잃고 죽었다는 소문
도 있어. 아주 끔찍해. 그만큼 찾기 어려운 곳이야. 그런데도
그곳에 꼭 가야만 하겠니?"

"네. 꼭 가야 해요."

조급해하는 내게, 할아버지가 수건으로 이마의 땀을 닦으
며 대꾸했다.

"그 험한 길을 가겠다고? 정말 후회하지 않겠어?"

나는 한 치의 망설임도 없이 고개를 끄덕였다. 할아버지가
그런 나를 한참 동안 빤히 바라보더니 다시 입을 열었다.

"좀만 빨리 오지 그랬어. 배는 벌써 아침에 떠났는걸."

"배가 또 언제 있어요?"

"아마 한 달은 기다려야 될 거야."

"한 달이나요?"

초의 얼굴에 실망감이 여실히 드러났다.

"그렇게는 못 기다려요. 학교도 가야 하고……. 다른 방법은
없어요?"

"그러게 한 달에 한 번 뜨는 배 시간을 왜 놓쳐서는…… 쯧.
오늘 같은 날엔 일부러 가게 문도 일찍 열어. 요기나 하고 가
라고. 음식 값도 안 받는걸."

한 달에 한 번? 나는 입술을 깨물었다. 이대로 돌아갈 수는 없었다.

　"그림자 상점에 꼭 가야 해요. 부탁이에요. 제발요."

　나는 애절한 눈빛으로 할아버지를 바라보았다.

　"흐음. 방법이 아예 없진 않지."

　할아버지는 무언가 비밀을 얘기하려는 듯 한껏 우리 가까이 다가왔다. 나와 초도 의자를 끌어당겨서 좀 더 할아버지 곁으로 다가갔다. 우리의 거리는 한층 더 가까워졌다. 할아버지의 눈이 빛났다.

　"선장을 한 명 알고 있지. 내가 그 선장을 구해준 적이 있거든. 내가 부탁하면 섬까지 데려다줄 거야. 그림자 상점에 가려면 어쩔 수 없이 그 섬을 거쳐야 하거든."

　"정말요?"

　할아버지는 고개를 끄덕였다.

　"와, 우리 정말 운이 좋다! 하마터면 그대로 돌아갈 뻔했네."

　초가 안도의 한숨을 내쉬며 날 보고 웃었다. 한결 긴장이 풀린 얼굴이었다.

　할아버지가 턱을 매만지며 물었다.

　"운? 우리가 만난 게 우연이라고 생각하니?"

　그 말에 초가 영문을 모르겠다는 듯 눈을 껌뻑였다. 초와 나를 번갈아 보던 할아버지가 내게 시선을 고정하며 말했다.

　"나는 오랫동안 너를 기다려왔어."

"저를요?"

할아버지는 아무 말 없이 일어나더니 곧장 수납장으로 갔다. 문을 벌컥 열어젖히자 수납장 속 물건들이 우르르 쏟아졌다. 하지만 할아버지는 신경도 쓰지 않고 수납장 안쪽을 더듬으며 무언가를 찾는 데 급급했다. 제자리로 돌아온 할아버지가 흰 보자기로 고이 싼 물건을 테이블 위에 올려놓았다.

"그림자 상점 주인에게 전해줄 게 있는데, 부탁해도 될까?"

"이 안에 뭐가 들어 있는데요?"

초가 호기심 가득한 눈빛으로 상자를 살펴보자, 할아버지가 눈을 번뜩이며 말했다.

"궁금해? 그래도 열어보지 않는 게 좋을 거야. 아주 무시무시한 게 들어 있으니까."

나는 침을 꼴깍 삼켰다. 상자에서 형체를 알 수 없는 어둠의 기운이 스멀스멀 흘러나오는 것만 같았다.

"섬까지만 확실히 데려다주시면 저희가 꼭 전해드릴게요. 약속해요!"

초는 호기심 가득한 눈으로 동의를 구하듯 나를 바라보며 대답했다.

"조심히 다뤄야 해. 그렇지 않으면……."

할아버지는 말을 흐리며 내 쪽으로 상자를 밀어냈다.

상자 안에 뭐가 들어 있을까. 그림자를 잡을 수 있는 올무? 영원히 사라지지 않는 꿈? 평범하지는 않을 것 같았다. 하지만 나는 물을 수 없었다. 대신 그 안에 무엇이 들어 있을지 상상하면서 받아 들 뿐이었다.

"꼭 전해드릴게요."

"너라면 그곳에 갈 수 있을 거야. 운명이 너를 이끌어줄 테니까."

운명…… 할아버지의 말씀처럼 나를 이곳까지 끌어당긴 건 전부 예정돼 있던 일인 걸까. 내가 가게 될 그 섬도, 세 개의 그림자도 전부 내가 거쳐야 하는 운명의 계단이었는지 모른다.

초는 다시 포크를 들고 떡볶이를 흡입하기 시작했다. 고민이 한 방에 해결되어서 후련하다는 듯이. 그 모습을 보고 있자니 왠지 마음이 놓였다. 나는 떡볶이 하나를 콕 찍어서 입에 넣었다. 그제야 혀끝을 자극하는 매콤한 떡볶이의 맛이 느껴지며 온몸이 짜릿짜릿했다.

떡볶이가 추억을 부르는 것처럼 떡을 하나씩 집어 먹을 때마다 그날 밤이 생각났다. 그림자들을 내 손으로 떠나보내고 해우와 마주 앉아 떡볶이를 먹은 그날의 기억은 언제나 선명했다. 뜨겁고 기름진 공기와 얼큰한 어묵 국물 냄새가 섞인 작고 허름한 공간. 시원한 바람 때문인지 더욱 간질간질했던 마음. 어스름한 포장마차에서 대화를 나누던 그 짧은 순간에 나는 잠시나마 아픔을 잊을 수 있었다.

참 이상하지. 지금 이 순간이 그날과 겹쳐지는 건 왜일까. 한 번도 이런 적이 없었는데. 그날 먹었던 맛과 신기할 정도로 비슷해서 자꾸만 떡볶이에 손이 갔다. 그런데 정신없이 떡볶이를 먹으면서도 보자기에 싸여 있는 상자로 자꾸 시선이 갔다.

바람이 불어왔다. 상자에 묶인 리본이 내 마음처럼 팔랑거렸다.

3. 섬

우리보다 앞서 걷던 할아버지가 작은 배들이 정박해 있는 부두 앞에 멈춰 섰다. 그러곤 페인트가 벗겨진 낡은 배를 가만히 들여다보더니 누군가를 불렀다.

"어이!"

때마침 중년의 선장이 배 밖으로 고개를 빼꼼 내밀었다. 새까맣게 그을린 얼굴에 짙은 눈썹이 유독 도드라져 보이는 아저씨였다. 배의 선장인 듯한 아저씨는 할아버지를 보더니 곧 살갑게 인사했다.

"아이고, 어쩐 일이에요?"

"애들을 그 섬으로 데려다줘."

선장은 단번에 그 말을 알아듣고는 할아버지 옆에 서 있는 우리를 의심스러운 듯 위아래로 훑어보았다.

"아침에 배 있었잖아요."

"놓쳤다네."

환히 내리쬐는 햇살 때문인지는 모르지만 선장의 눈살이 찌푸려졌다.

"섬에 데려다만 줘. 그 뒤는 쟤들이 알아서 할 테니."

"찾아갈 수나 있겠어요? 저 꼬맹이들이?"

선장이 쯧쯧 혀를 차면서 우리를 봤다. 못 미더워하는 눈치가 역력했다. 초가 한 걸음 뒤로 물러서며 내 팔을 잡았다.

"겉모습과 다르단다. 겁먹지 마."

할아버지는 곁눈질로 우리를 바라봤다. 할아버지의 굵게 주름진 눈이 초승달처럼 휘어져 있었다. 그 웃음이 이상하게 위로가 되었다.

할아버지를 배웅한 후, 선장은 우리를 향해 배 안쪽으로 가라는 듯 눈짓을 보냈다. 어쩐지 낯선 세계로의 출발이 썩 편안해 보이지는 않았지만 나는 곧 발을 뻗어 배에 올라탔다. 물살에 배가 출렁 움직였다. 초도 나를 따라 배에 올랐다. 우리는 좁은 나무 계단을 따라 내려가 자리를 잡고 앉았다. 배 안은 생각보다 아늑했다.

"금방 다녀올 테니 얼큰한 국밥이나 준비해주세요."

"그럼 몸조심하고."

창밖으로 할아버지와 선장의 대화 소리가 들리더니, 곧 선장이 배로 돌아왔다.

"거기, 담요 덮어라."

출발하기 전 선장이 말했다. 우리는 얼른 녹색 담요를 펼쳤다. 까끌까끌한 감촉이 썩 내키지는 않았지만 왠지 선장의 지시에 고분고분 따라야 할 것만 같았다. 부웅- 뱃고동 소리와 함께 배가 점차 앞으로 나아갔다. 창문 너머로 할아버지의 모습이 보였다. 햇살을 받은 할아버지의 피부가 생선 비늘처럼 반짝였다.

배를 타는 건 처음이었다. 넘실거리는 파도에 배가 출렁이는 느낌이 낯설었다. 분명 출발할 때는 해가 내리쬐고 있어서 더웠는데, 잠시 후 차가운 바람이 불더니 몸이 으슬으슬 추웠다. 나는 담요를 턱밑까지 한껏 끌어올렸다.

항해하는 동안 선장은 종종 뒤돌아 우리의 상태를 체크했다. 까칠한 성격과 달리 염려스럽다는 눈빛이었다. 초는 뱃멀미 때문에 사색이 된 얼굴로 내 어깨에 기대었고, 나 역시 속이 메스꺼워서 멍하니 바다를 바라보았다. 에메랄드빛 물결 위로 흰 구름이 엷게 비치고, 군데군데 햇빛이 황금빛 조각처럼 박혀 눈이 부셨다. 천천히 흐르는 물결만큼 시간도 더디게 흐르는 것처럼 느껴졌다.

초는 구역질이 나는지 손으로 입을 막더니 괴로운 표정을 지었다. 그러고는 더는 못 참겠다는 듯 왝왝 소리를 내지르며 갑판 위로 올라가 난간을 붙잡고 배 밖으로 토악질을 해댔다.

"언제 도착해요?"

문득 꿈을 꾸는 것 같았다. 유나와 초가 찾아온 순간부터 내게 벌어지는 모든 일이. 하긴, 지금까지 살아온 시간도 현실 같지 않다. 세 개의 그림자와 아빠의 죽음까지, 전부 감당할 수 없는 꿈을 꾸고 있는 것 같았다.

깜빡 잠이 들었던 모양이다. 눈을 떠보니 우리는 어느새 뿌연 안개로 뒤덮인 바다 한가운데에 있었다. 여기는 어딜까. 한 치 앞도 보이지 않는 안개 속에서 서서히 앞으로 나아가고 있었다. 잠시 후, 새하얀 안개가 걷히고 작은 섬 하나가 모습을 드러냈다. 그 섬은 마치 아무도 발을 들인 적 없는 미지의 세계 같았다. 많은 사람들이 그토록 애타게 찾았지만 도저히 찾을 수 없었던 보물섬처럼. 끝이 보이지 않는 나무들이 빽빽하게 서 있고, 어떤 생명도 살지 않을 것만 같은 고요가 섬을 뒤덮었다. 이 섬에는 대체 어떤 비밀이 감추어져 있을까. 어쩌면 이곳에 그림자 상점이?

"으…… 으……."

계속 앓는 소리를 내던 초는 배가 정박하자마자 밖으로 뛰쳐나갔다. 모래밭에 쪼그려 앉아 가쁘게 숨을 내뱉었다. 나는 초의 등을 두들겨주었다. 연신 콜록콜록 기침을 하던 초가 고개를 들며 말했다.

"아, 이제야 좀 살 것 같아."

하얗게 질려 있던 초의 얼굴에 붉은 기가 돌았다. 그때 우리

를 가만히 지켜보던 선장이 가방을 휙 던졌다.

"내 할 일은 여기까지야. 마음 바뀌면 돌아와. 하긴 돌아올 배편을 쉬이 만날 수 있는 곳도 아니긴 하다만…… 괜한 기대는 하지 말고."

알쏭달쏭한 이 한마디를 끝으로 선장은 곧장 뱃머리를 돌렸다. 어느새 배는 매정할 만큼 저 멀리 떠나고 작은 점이 되어버렸지만, 나는 그곳에서 쉽게 눈을 뗄 수 없었다. 이제 어떡하지? 두터운 안개만큼이나 앞으로의 모든 일이 막막하게 느껴졌다. 집으로 돌아갈 수 없음을 실감하는 순간이었다. 막상 섬에 도착했지만 어디로 가야 할지 도무지 알 수 없었다. 긴장한 눈빛으로 초가 주변을 둘러보았다.

산을 끼고 높다란 돌계단이 끝도 없이 이어진 곳에 녹이 슨 낡은 게시판이 세워져 있었다. 우리는 무언가에 끌리듯 그 앞으로 가서 빛바랜 지도를 뚫어져라 쳐다봤다. 현재 위치도 제대로 알 수 없을 만큼 글씨가 흐릿한 것이, 세월의 흔적이 고스란히 느껴졌다.

"흠. 이쪽으로 가라는 것 같은데?"

어쩐지 돌계단을 올라가야 할 것만 같았다. 초와 마음이 통했는지 누가 먼저라고 할 것 없이 계단으로 향했다. 산을 깎아낸 계단은 가파를 뿐 아니라 붉은빛 돌들의 표면이 울퉁불퉁해서 발을 내딛기조차 힘들었다. 멀미 탓일까. 유독 초가 힘들어하며 뒤처졌다. 나는 계단을 오르다가도 초를 기다려주기를 반복했다. 나 역시 숨이 가빴다.

"젠장. 무슨 계단이 왜 이렇게 많아?"

초가 한바탕 푸념을 쏟아냈다. 하지만 그것도 잠시, 정상에 다다른 순간 우리는 할 말을 잃고 말았다.

"와. 진짜 아름다워."

정상에서 내려다보이는 마을이 우리의 시선을 사로잡았다. 초도 믿기지 않는지 눈을 비볐다. 비밀스럽고 신비로운 동화 속에 들어온 것 같았다. 안개 사이로 남색 기와를 올린 한옥들이 산 아래 아득히 펼쳐졌다.

축축한 땅에서 흙냄새가 올라왔다. 시원한 바람이 몰려와 산속의 숨 쉬는 것들을 스쳤다. 풀, 꽃, 나무, 땅……. 구름에 가려져 있던 해가 찬찬히 모습을 드러냈다. 사뿐히 내려앉는 햇살에 마을이 아른거렸다.

"여리야, 이곳은 마치 숨겨진 낙원 같아! 어떻게 이런 곳이 있지?"

초가 감탄하며 한 바퀴 뱅그르르 돌았다.

산 정상에는 오래된 케이블카 레일이 보였다. 케이블카 승차장으로 보이는 곳에는 사람이 머문 흔적이 전혀 느껴지지 않았다. 버려진 폐차장 같은 공간이었다. 우리의 시선은 어느새 늘어진 케이블카 줄의 끝자락이 있는 맞은편 산에 머물러 있었다. 그런데 이상했다. 왜 케이블카는 한 대도 보이지 않는 거지?

마을과 가까워질수록 안개가 차츰 걷혔다. 마을 입구에 발을 딛자마자 느꼈다. 와서는 안 될 것 같은 신성한 곳에 들어와 있다는 것을. 마을은 전통과 현대가 적절하게 섞여 있는 모습이었다. 곳곳에 자리한 오래된 남색 기와집들은 내부가 훤히 들여다보이는 유리창으로 사방이 둘러싸여 있었고, 대부분 현관에 자동 회전문이 설치돼 있었다. 즐비한 한옥 집 사이사이에는 관광객을 위한 선물 등을 파는 잡화점으로 보이는 가게들이 자리 잡고 있었는데, 유리창 너머로 갖가지 음식과 상품들이 전시돼 있었다. 과자와 쿠키 세트, 아이스크림 모형 같은 것들이었다.

마을을 구경하는 사이, 식사 때가 되어서인지 거리에는 감미로운 향기가 넘쳐흘렀다.

"어디서 카레를 파나."

초가 코를 킁킁거리며 두리번댔다.

"고등어구이 냄새 같은데?"

비릿한 바다 내음과 숯불 향이 섞인 냄새가 풍겼다. 어쩌면 카레와 생선구이 둘 다 팔지도 몰랐다. 우리는 식당으로 보이는 한옥 앞에 멈춰 서서 메뉴판을 봤다. 메뉴판에 먹음직스럽게 그려진 음식을 보니 갑자기 배고파졌다.

거리에 사람들이 삼삼오오 모여 있었다. 어디선가 아이스크림을 먹는 아이들의 웃음소리가 경쾌하게 들려왔다. 내가 살던 세계와 이토록 다른데도 기시감이 드는 건 왜일까. 꿈에서 와본 적이 있던가. 참 평온하다. 이들은 언제까지나 이렇게 평화로운 삶을 누리겠지. 누군가에게는 꿈같은 시간이 다른 이에게는 일상이구나. 마냥 행복해 보이는 사람들에게 자꾸 시선이 갔다.

"이상해."

초가 눈살을 찌푸렸다.

"뭐가?"

"정말 모르겠어?"

초는 계속해서 주변을 둘러보았다. 답답하다는 듯 내 팔을 잡아당기며 귓가에 속삭였다.

"그림자가 없잖아. 여기에 있는 사람들 전부."

그 말에 땅바닥을 내려다보았다. 사람들에게 마땅히 있어야 할 그림자가 보이지 않았다.

"진짜네."

사람들뿐만이 아니었다. 상점과 거리의 가로수, 고양이 등 그 어디에도 그림자가 보이지 않았다. 하늘을 올려다봤다. 이렇게 해가 쨍하게 내리쬐는데 왜 그림자가 없지? 저 사람들도 지금 나와 같은 상황일까.

내가 말릴 새도 없이 초가 사람들에게 성큼 걸어갔다.

"저기요."

다정하게 이야기를 나누던 사람들의 시선이 초를 향했다. 호기롭게 말을 걸어놓고 초가 나를 바라보았다.

"혹시 그림자 상점을 아세요?"

곁눈질하는 초 대신 내가 물었다. 사람들은 하나같이 모른다는 듯 고개를 저었다.

"정말 모르세요? 아셔야 할 것 같은데. 지금 그림자가 없……."

"아, 아니에요. 감사합니다!"

나는 초를 끌어내다시피 해서 구석으로 데려갔다.

"아, 왜 그래?"

영문을 모르겠다는 얼굴로 초가 신경질을 냈다.

"방금 그림자가 없다고 말하려고 그랬어?"

"통 모르는 얼굴이잖아. 저 사람들도 알아야 우리랑 그림자 상점을 찾아가든 대책을 세울 거 아냐."

"저 사람들을 위해서라고? 네 호기심 때문이 아니라?"

내 얼굴을 가만히 들여다보던 초가 넌지시 물었다.

"넌 안 궁금해? 저 사람들에게 왜 그림자가 없는지?"

호기심을 가장해 상처를 주는 사람들의 얼굴을 안다. 그들은 초와 같은 표정을 지었다. 순진무구해 보이는 얼굴로 대수롭지 않게 뱉은 그 말이 계속 쌓여 내 안에 지워지지 않는 상처를 남겼다. 그러니 더더욱 초가 같은 질문을 던지도록 내버려둘 수 없었다.

초의 물음에 나는 단호하게 답했다.

"응. 전혀."

우리는 한참 동안 길거리를 헤매며 그림자 상점에 대해 물었지만 원하는 대답을 얻지 못했다. 사람들은 그런 곳이 있냐며 반문하더니 고개를 갸웃거릴 뿐이었다. 초의 얼굴에 실망한 기색이 가득했다.

"이 섬이 확실한 걸까? 그 눈썹 진한 선장이 다른 데 내려준 거 아냐? 아니면 왜 그림자 상점에 대해 아는 사람이 없겠어?"

초가 실망스럽다는 듯 그 자리에 털썩 주저앉더니 말을 이었다.

"그림자가 보이지 않는 섬이라니, 정말 기괴해."

기괴하다니. 초는 자신이 어떤 소리를 내뱉는지 알고는 있을까. 나 역시 그림자가 없는데⋯⋯. 슬슬 대꾸하기 지쳐갈 때쯤, 앞서가는 남자의 뒷모습이 눈에 들어왔다.

남자는 어디론가 급히 뛰어가고 있었다. 어쩐지 남자의 뒷모습이 익숙했다. 이상하게 눈을 뗄 수 없었다. 그때 머릿속을 스치는 한 사람이 있었다. 2년이 지났지만 어제 본 것처럼 선명한 얼굴. 신해우다.

설마? 해우가 이 섬에 있을 리 없지. 그 애가 아니라고 생각하면서도 자꾸 그 남자에게 시선이 갔다.

"왜 그래?"

"아, 아니야."

고개를 저으며 나는 다시 앞을 보았다. 어느새 남자는 사라지고 없었다.

"싱겁기는."

서서히 해가 지기 시작했다. 어둠이 차가운 바람을 몰고 오는지, 저녁이 되자 여름인데도 꽤 쌀쌀했다. 초가 콜록거리며 기침을 했다.

"이제 어떻게 할 거야?"

"조금만 더 찾아보자."

"이미 이 마을을 몇 번이고 돌았잖아. 똑같을 거야."

잔뜩 풀이 죽어 있던 초가 주머니에서 초코바를 꺼내더니 자연스레 비닐을 벗겨 한 입 베어 물었다.

"헤헤. 비상 간식. 혹시 몰라서."

"내 건 없어?"

"미안."

초가 빠르게 초코바를 먹기 시작했다. 그 모습이 너무 얄미웠다. 주변을 둘러보았다. 낮의 따사롭고 활기찬 기운은 사라지고 냉기를 품은 어둠만이 거리를 채우고 있었다.

돈이 없으니 오늘 하룻밤을 지낼 곳도 찾을 수 없었다. 막막했다. 거리에 간혹 호텔이 눈에 띄었지만 비싸 보여서 갈 엄두가 나지 않았다. 나는 속으로 그 금액을 가늠해보았다. 내가 가진 돈으로는 턱도 없었다.

"돈은 얼마나 남았어?"

"……적당히?"

"그 적당히가 오늘 잘 데를 해결해줄 정도야?"

내가 고개를 젓자, 초가 한숨을 내쉬었다.

"설마 여기 길바닥에서 자야 하는 건 아니지? 말했잖아. 난 아무 데서나 못 잔단 말이야."

초의 얼굴이 한없이 애처로워 보였다. 하지만 그것도 잠시뿐이었다. 땅바닥에 떨어진 초코바 껍질이 바람에 뒹굴며 바스락거리는데, 그 소리가 유독 크게 들리는 것 같아 괜히 심통이 났다.

"여긴 왜 이렇게 조용한 거야?"

적막 가운데 구시렁거리는 초의 목소리가 유난히 크게 울려 퍼졌다. 그때 어딘가에서 낯선 목소리가 들려왔다.

"조용히 좀 해주세요. 호텔까지 말소리가 들리거든요."

낮고 단단한 목소리였다.

"죄…… 죄송합니다."

언제부터 보고 있던 거지? 나는 목소리가 들리는 방향에 대고 허리를 굽혀 사과했다. 밤이 어두워 얼굴은 좀체 보이지 않았지만, 커다란 남자의 발이 우리를 향해 점점 다가오고 있었다.

잠시 후 생활한복을 단정하게 차려입은 남자가 내 앞에 멈춰 섰다. 인사동 쌈지길이나 경복궁에서 만났을 법한 어쩐지 빈티지한 느낌의 멋스러운 복장이었다. 조끼의 이음새에 달린 태극무늬의 동그란 단추가 먼저 눈에 들어왔다. 나는 남자의 얼굴을 확인하는 순간 너무 놀라 전율했다.

"신해우?"

오랫동안 잊고 있던 감정이 제멋대로 열린 듯 심장이 점점 더 빠르게 뛰었다. 해우는 한참 동안 말없이 날 바라보기만 하더니 고개를 갸웃거리며 물었다.

"……날 알아?"

"나, 기억 안 나?"

내 물음에 해우의 눈빛이 흔들렸다.

"나를 어떻게 알아?"

벌써 잊어버린 걸까. 아무 말도 하지 못한 채 나는 해우를 응시했다. 다시 만날 거라고 막연히 생각했지만, 이런 방식은 아니었다.

해우는 여전히 나를 바라보고 있었다. 경계하는 듯하면서도 무언가 갈구하는 마음이 해우의 눈 안에 정직하게 드러났다. 나는 그 눈을 마주 보았다. 침묵이 흘렀다.

"누구니?"

은은하지만 힘 있는 목소리. 고개를 돌리자 새하얀 팔과 목이 드러나는 검은 민소매 원피스 차림의 여자가 서 있었다. 그녀의 피부는 창백하다 못해 푸른빛마저 흘렀다.

"아, 사장님."

해우가 고개 숙여 인사를 했다.

"시간이 늦었는데 여기서 뭐 하고 있어?"

한 치의 흐트러짐도 느껴지지 않는 일정한 톤의 음성이었다. 여사장의 목소리는 겨울날의 새벽 공기처럼 서늘했다. 그녀가 가까이 다가왔다. 자신의 뺨에 붙은 머리카락을 천천히 쓸어 넘기면서도 나를 응시했다.

해우는 상기된 표정으로 대답했다.

"저를 안대요."

"너를?"

여사장의 가느다란 눈썹이 움찔하더니 위로 솟아올랐다.

"정말이니?"

그녀가 고개를 돌려 나를 바라봤다. 환영하는 기색이었지만 동시에 미묘한 거리감이 느껴졌다. 해우가 무언가 말하려 했지만, 여사장이 재빨리 말을 가로챘다. 뭔가 숨기고 싶은 비밀이 있는 사람 같아 보였다.

"시간이 늦었구나. 객실 손님들이 우리 때문에 불편하면 안 되니까 일단 호텔로 들어가지 않을래?"

그러고는 돌아서려던 그녀의 시선이 내 발밑에 놓인 배낭에 머물렀다. 잠시 생각에 빠져 있던 그녀가 나와 초에게 말을 건넸다.

"아직 묵을 곳을 찾지 못했다면 우리 호텔에 있어도 좋아. 직원 숙소라도 괜찮다면."

오늘 밤에 머물 곳이 없는 처지를 단번에 알아차린 듯했다. 갑작스러운 제안이었다. 초가 반가운 소리라는 듯 눈을 반짝였다.

여사장은 고개를 돌려 해우에게 양해를 구하듯 말했다.

"친구들이 피곤할 테니 오늘은 그만 들어가자꾸나. 반가워도 이야기는 내일 아침에 나누고."

해우는 아쉬운 기색을 내비쳤다. 더 말하고 싶어 하는 얼굴이었지만, 이내 수긍한 듯 고개를 끄덕였다.

"해우가 안내해주렴."

"네."

그녀의 손등이 해우의 뺨을 부드럽게 스쳤다.

앞서 걸어가는 해우의 등이 유독 크게 느껴졌다. 불과 2년 사이에 이렇게 컸나. 어딘가 분위기도 달라진 것 같았다. 걸어가는 동안 우리는 아무런 말도 하지 않았다. 그래서 더 어색했다.

해우가 호텔 정문에 다가서자, 커다란 대문이 조금의 거슬리는 소리도 없이 저절로 열렸다. 밤공기에 젖은 정원이 아름답게 펼쳐졌다. 나는 호텔 전경을 빠르게 눈 안에 담았다. 달빛을 머금은 잔디가 푸르게 펼쳐져 있고, 그 위로 잘 가꾸진 나무들이 간간이 보였다. 한가운데에는 시원하게 물을 내뿜는 분수대와 꽃들이 한데 어우러져서 정원이 보다 아름다웠다. 우리는 프런트가 보이는 건물 입구를 향해 걸어갔다. 바닥에 깔린 흰색 자갈을 밟을 때마다 서걱서걱 들리는 소리와 호텔 정원을 관통하는 시원한 바람 때문인지 호텔 전체에는 생기가 넘쳐났다.

해우는 빠르게 정원을 통과해 건물 입구에 있는 나무문을 열었다. 기둥에 달린 나무 팻말에 '달 호텔'이라고 적혀 있었다. 이곳과 굉장히 잘 어울리는 이름이었다. 문이 열리자 처마 끝에 달린 붉은 등이 어스레히 빛나고, 그 아래에서 해우가 자신을 따라오라는 듯 손짓했다. 우리는 해우를 따라 커다란 샹들리에가 달린 로비를 지나 1층 복도를 따라 걸어갔다. 객실로 가는 길은 어둡고 고요했다.

복도 끝에 있는 방 앞에서 해우가 멈추었다. 나무문을 옆으로 밀어내자 단출한 방이 모습을 드러냈다. 부엌이 딸린 원룸이었다. 나는 조심스럽게 방 안을 훑어보았다.

"객실이 다 차서 남은 방은 여기밖에 없어. 직원 전용 숙소로 사용하던 곳인데, 너희 둘이 묵기에 괜찮을 거야. 필요한거 있으면 언제든 이야기하고."

"아, 응."

해우의 말에 초가 냉큼 대답하고는 먼저 방 안으로 들어갔다.

"고마워."

"아니야. 얼른 들어가서 쉬어."

"응…… 정말 고마워."

나는 고맙다고만 했다. 해우와 더 많은 이야기를 하고 싶었지만, 솔직히 무슨 말부터 꺼내야 할지 몰랐다. 이런 내 마음을 눈치 챈 듯 해우가 밤 인사를 건넸다.

그림자 상점

"내일 더 이야기하자. 잘 자."

나는 다리에 힘이 풀려 방바닥에 곧바로 주저앉았다. 급격히 따뜻해진 실내 공기에 온몸이 나른해졌다. 그때 벽에 등을 기대어 앉아 있던 초가 벌떡 일어나더니 옷장 안에서 상아색 이불을 꺼내 탁탁 털고는 바닥에 펼쳤다.

"피곤하다. 빨리 자자."

"안 씻어?"

초는 내 말을 못 들은 척하곤 푹신한 이불 위로 몸을 던졌다.

"몰라. 귀찮아."

나는 가방을 풀고 짐부터 정리하기로 했다. 할아버지가 준 상자가 제일 먼저 눈에 띄었다. 여기엔 뭐가 들어 있을까? 갑자기 호기심이 들었다. 보자기를 풀어보니 아무 문양도 없는 낡은 나무 상자가 나왔다. 자물쇠도 없는 상자라니. 열어보면 그만이잖아? 하지만 상자는 열릴 만한 곳이 없었다. 나는 상자를 흔들어 보려 했지만 다시 내려놨다. 무시무시한 일이 있을 거라던 할아버지의 말이 떠올랐기 때문이다. 갑자기 겁이 났다. 나는 다시 상자를 보자기로 싸놓은 뒤 조용히 초 옆에 누웠다.

가만히 천장을 올려다보았다. 이곳에 온 지 얼마 안 됐는데도 벌써 한 달은 지난 것 같았다. 여기서 해우를 다시 만나게 될 줄이야. 낯선 사람처럼 날 바라보던 눈빛이 떠올라 마음이 저려왔다. 나는 양손으로 이불을 꼭 쥐었다. 드르렁드르렁. 옆에서 초는 태평하게 코를 골며 자고 있었다. 아무 걱정 없어 보이는 초가 부러웠다.

쿵. 쿵. 쿵.

천장 쪽에서 낮고 둔탁한 소리가 들렸다. 한 번도 들어본 적 없는 소리였다. 그 소리가 울릴 때마다 이유를 알 수 없이 온몸에 소름이 돋았다.

온몸의 신경이 소리가 들려오는 천장에 집중되었다. 사람이라고 생각지 못할 정도의 느린 움직임이 느껴졌다. 둔탁한 동물의 발소리 같기도 했지만 그러기엔 아무런 생명력도 느껴지지 않았다. 누가 이 시간까지 돌아다니는 걸까. 한동안 나는 천장에서 눈을 떼지 못했다.

소리는 차츰 줄어들었지만 잠이 오지 않았다. 나는 여전히 천장에 시선을 고정시킨 채 생각에 빠졌다. 내일은 그림자 상점을 찾을 수 있을까? 지금쯤 유나는 어디에 있을까?

턱밑까지 이불을 끌어당겼다. 당장은 아무 생각도 하고 싶지 않았다.

4. 달 호텔

익숙지 않은 공기에 눈이 떠졌다. 나는 기지개를 켜며 이불을 밀어냈다. 아, 맞다. 기숙사가 아니었지. 더 자도 된다는 생각에 얼른 눈을 감았다. 창문으로 시원한 바람이 들어와 머리칼을 흩날리고 습기를 머금어 축축하지만 향긋한 흙냄새가 코를 간질였다.

부스럭부스럭. 응? 무슨 소리지? 나는 다시 눈을 떴다. 부스럭부스럭. 초가 냉장고 앞에 쭈그리고 앉아 있었다.

"거기서 뭐 해?"

따뜻하다 못해 뜨겁기까지 한 아침 햇살이 초의 뒷모습을 비추고 있었다. 한참 동안 냉장고 안을 뒤져보던 초가 갑자기 뒤돌더니, 곧 울 것 같은 표정으로 대답했다.

"배고파."

초의 시선이 탁자 위를 향했다. 그곳엔 알맹이만 쏙 먹고 버린 초콜릿 포장지가 가득 쌓여 있었다.

"초콜릿이 있어서 다행이지. 안 그랬다면 벌써 굶어 죽었을 거야."

"초콜릿은 어디서 찾았어?"

"냉장고 안에 있던데? 이젠 아무것도 없어."

초가 투덜거리며 냉장고 문을 신경질적으로 쾅 닫아버렸다. 똑똑. 노크 소리에 초가 벌떡 일어나 문을 열었다.

"잘 잤어? 들어가도 돼?"

해우다. 해우가 부드러운 미소를 지으며 터벅터벅 안으로 들어왔다. 어제와는 다른 연녹색의 생활한복을 입고. 나는 해우의 얼굴을 보자마자 깜짝 놀라 상체를 벌떡 일으켜 세웠다.

초는 해우의 질문에 대답도 하지 않고 불쑥 물었다.

"아침은 어떡해?"

"안 그래도 그것 때문에 온 거야. 준비하고 나올래?"

나는 해우를 바라보며 고개를 끄덕였다. 어느새 내 볼은 붉게 달아올라 있었다.

잠시 후 우리는 해우를 따라 중정을 둘러싸고 있는 넓고 긴 복도를 빙 돌아서 걸어갔다. 마룻바닥은 미끄러울 만큼 윤기가 자르르 흘렀고, 높은 천장과 사방을 감싼 유리 창문은 개방감을 주었지만 목조 건물이어서 그런지 아늑하고 따스하게 느껴졌다.

호텔 정중앙에는 야외 정원이 있었다. 넓게 뚫린 창으로 바람이 시원하게 들어오고, 곳곳에 놓인 유리 탁자 위에는 수채화가 그려진 듯 파스텔 톤의 꽃들이 흐드러지게 피어 있었다. 꽃들 사이사이로 해우와는 다르게 갈색의 생활한복을 입은 직원들이 손님을 안내하는 모습이 보였다.

"얼른 와!"

건물에 시선을 빼앗겨 두리번거리는 바람에 조금씩 뒤로 처지자 초가 빨리 따라 오라며 채근했다. 나는 얼른 종종걸음으로 초를 뒤쫓았다. 그때 어디선가 음식 냄새가 풍겨왔다. 그러자 초가 즉각 반응했다.

"미칠 것 같아. 이 냄새! 아, 무슨 찌개 냄새인가? 아니야, 버터향도 나는 것 같고 고수 냄새 같기도 하고. 대체 뭐지? 이상한 향신료가 들어간 음식 같아."

그러자 해우의 입가에 미소가 떠올랐다.

"오늘 아침 메뉴는 카레와 된장국이야. 주방장님이 좀 까칠하긴 하셔도 직원들을 배려해서 매일 다른 식단을 준비해 주셔."

아침 메뉴를 듣자마자 초는 완전히 경기를 일으킬 정도로 흥분했다. 나 역시 된장국이라는 말을 듣는 순간 정신이 혼미해지는 것 같았다.

우리가 좁은 통로를 지나 창호지를 덧댄 문 앞에 섰을 때였다. 해우가 문을 활짝 열어주었다. 직원용 휴게실이었다. 6인용 나무 식탁에는 색색의 음식이 정갈하게 차려져 있었다. 된장국과 생선, 동그랑땡에서 감미로운 냄새가 코끝을 자극했다.

"얼른 와!"

초가 어느새 먼저 자리에 앉아 음식을 먹고 있었다. 자신이 주인이라도 되는 양. 꼬르르륵. 내 배꼽시계도 양반은 못 되는지 크게 울렸다.

"와, 맛있겠다."

나 역시 얼른 자리에 앉아 음식을 먹으려는데 어쩐지 해우가 마음에 걸렸다. 해우의 안색이 썩 좋아 보이지 않았기 때문이다. 그때 해우가 먼저 말을 꺼냈다.

"해산물 잘 먹어? 섬이라 해산물이 많거든."

"응, 좋아해."

조개와 오징어와 새우가 가득 들어 있는 해물 된장국이었다. 국물을 한 모금 떠먹자 해물의 깊은 맛이 느껴져 황홀하기까지 했다.

"밤새 생각해봤는데……."

해우는 조심스럽게 말을 꺼냈다.

"아무리 생각해봐도 기억이 안 나. 우리가 어떤 사이였는지."

물컵을 매만지는 해우에게서 주저함이 느껴졌다.

"내가 기억을 잃었거든."

기억을 잃었다고? 나는 해우를 멍하니 바라보았다. 묻고 싶은 질문들이 많았다. 그런데 내가 질문들을 다 쏟아내기도 전에 해우가 다시 입을 열었다.

"1년 전, 사장님이 해변에 쓰러져 있는 나를 발견하시고는 이곳에 데려오셨어. 나는 내 이름밖에 기억하지 못했고."

"이전 기억이 다 사라졌다는 거야?"

해우는 고개를 끄덕였다.

"가족이 있지 않을까 사장님이 알아보셨는데…… 고아였대. 그 뒤로 계속 이곳에서 지내는 중이야. 사장님이 기억을 되찾을 때까지 이곳에 있어도 된다고 하셨거든."

옥상에서 해우를 처음 만난 날을 기억한다. 떡볶이를 먹었던 그날, 해우는 자신의 이야기를 거의 하지 않았다. 다만 내 이야기를 들어줄 뿐이었다. 물어보면 좋았을 텐데. 가족관계나 취미 같은 정말 기본적인 것조차 묻지 않았다. 그런데도 우리가 연결되어 있다고 느꼈다는 게 신기했다.

"말해줄 수 있어? 우리가 어떤 사이였는지."

"아."

솔직히 해우에게 해줄 말이 별로 없어서 더 고민스러웠다.

"우연히 만났어, 학교 옥상에서."

"옥상?"

"힘들 때 종종 올라갔거든. 그때 처음 너를 보았어."

"옥상이라……."

해우는 생각에 잠긴 얼굴이었다.

"여기서도 가끔 올라가."

"옥상이 있어?"

"한번 가볼래?"

"응."

그때 옆에서 허겁지겁 밥을 먹고 있던 초가 끼어들었다.

"디저트는 없어?"

"이따가 나가서 사 먹자."

"나가서?"

초의 눈이 반짝였다.

"동네에 맛있는 디저트 가게가 많거든."

초의 표정에서 기대감이 잔뜩 묻어났다. 초는 국그릇을 들더니 마지막 한 방울까지 싹 들이켰다. 그러고는 바구니에서 사탕을 한 주먹 꺼내더니 주머니에 쏙 넣고는 씩 웃어 보였다.

넓은 나무문을 양옆으로 밀자 바다 전경이 한눈에 들어왔다. 그야말로 장관이었다.

"생각이 많아지면 옥상에 올라오곤 해. 마음이 정리되는 것 같거든."

처음 만났을 때도 해우는 죽고 싶을 때마다 옥상으로 올라간다고 했다. 나는 난간에 기대어 푸르른 바다를 바라보며 해우와의 첫 만남에 대해 들려주었다. 내가 옥상에 있었던 이유부터 그 후 떡볶이를 먹으러 간 이야기까지. 비록 그 시간이 내게 어떤 의미였는지까지는 이야기할 수 없었지만.

"그럼, 우린 딱 한 번 본 사이구나."

실망한 기색이 역력했다. 그 말이 틀린 게 아닌데, 왜 이렇게 마음이 아린 걸까. 해우의 표정에 내 마음이 동요되었다.

"여기서 지내고 있지만 늘 모든 게 낯설었어. 아무리 애써도 아무것도 기억나지 않았거든. 그래서 널 만나 기뻤어."

"미안……."

해우에게 아무런 도움이 되지 못하는 것 같아 미안함이 앞섰다. 해우가 나를 빤히 보며 말했다.

"내가…… 기억을 되찾을 수 있을까?"

"도와줄게."

나는 해우를 마주 보았다. 2년 전 해우가 먼저 내게 손을 내밀어주었던 것처럼, 지금 이 순간 나도 손을 내밀어주고 싶었다.

"하. 지루해서 못 들어주겠네."

"아, 깜짝이야!"

벤치에 앉아서 사탕을 까먹고 있던 초가 어느새 해우 옆에 서 있었다.

"그래서 디저트는 언제 먹어?"

"근데 너…… 왜 얼굴이……?"

해우가 초를 보더니 기겁했다. 초의 얼굴이 투명한 검은색으로 변했다가 다시 돌아오고, 다시 검은색으로 변하기를 반복했다. 마치 깜빡이는 신호등처럼.

"내 얼굴? 왜?"

초가 손으로 자신의 얼굴을 감싸려 했지만, 손이 얼굴을 관통했다.

"아, 이제 얼굴까지 변하네. 종종 그래. 그래서 디저트는?"

초가 별일 아닌 듯 얘기하자, 초를 바라보는 해우의 얼굴이 더더욱 새파래졌다.

"지금은 일하러 가야 해서……."

말을 잇지 못한 채 해우가 뒷걸음쳤다. 초의 얼굴이 차차 다시 원래의 모습으로 돌아오고 있었다. 그 모습이 믿기지 않는지 해우는 몇 번이나 눈가를 비볐다.

"그럼 디저트를 먹으러 못 간다는 거야? 아직 배고프단 말이야."

언제 그랬냐는 듯 본래의 모습으로 돌아온 초가 퉁명스럽게 물었다.

"그럼 우리끼리 가도 될까? 마을을 둘러보고 싶어서."

나는 해우에게 조심스럽게 물었다. 막 꿈에서 깨어난 사람처럼 해우는 얼떨떨한 얼굴이었다.

"그래. 그럼…… 너희 둘이 갈래?"

"좋아! 맛있는 거 많이 먹어야지!"

초가 함박웃음을 지었다. 초를 바라보는 해우의 얼굴이 복잡해 보였다. 묻고 싶은 것들이 많아 보였지만, 해우는 입술을 굳게 다물었다.

해우와 헤어지고 막 호텔을 벗어나려는 순간, 어젯밤 만난 그 여사장과 출입구에서 마주쳤다. 마치 기다리고 있었다는 듯 그녀는 우리를 향해 반가운 미소를 지었다.

"해우는?"

자신의 양팔을 쓰다듬으며 여사장이 물었다.

"일한다고 해서요. 그냥 저희끼리 둘러보려고요."

"길도 잘 모르잖니. 내가 해우한테 안내하라고 할게."

사실 동네를 둘러보는 게 목적이 아니다. 그림자 상점을 찾으려는 것뿐. 유나도 찾아보고. 그러려면 초와 단둘이 가는 편이 나을 것 같았다.

나는 손을 내저으며 대답했다.

"괜찮아요. 둘이 다닐 수 있어요. 어젯밤에 잠도 재워주시고…… 감사해요."

"맞아. 하마터면 길거리에서 잘 뻔했는걸요."

어젯밤을 생각하면 끔찍하다는 듯 초가 진저리를 쳤다.

"그러니? 편한 대로 하렴."

사장이 흔쾌히 대답하고는 손으로 턱을 매만졌다. 아직 할 얘기가 끝나지 않은 듯 잠시 숨을 고르더니 말을 이었다.

"해우는 좀 어떠니?"

"해우요?"

날카로운 그녀의 시선이 느껴졌다. 마치 내 안에 숨겨진 해우의 조각들을 찾아내 맞추려는 듯했다.

"기억을 조금이라도 찾았나 싶어서."

"아, 아직은……."

칠흑같이 새까만 그녀의 두 눈이 나를 꿰뚫어 보고 있어서 절로 몸이 움츠러들었다. 하지만 애써 그 시선을 피하지 않았다.

"곧 기억을 되찾을 수 있을 거예요. 저도 돕고 싶어요."

나도 모르게 확신에 찬 목소리로 대답했다. 정작 나조차 해우에 대해 아는 게 없는데도. 내 대답이 만족스러웠는지 여사장이 상냥한 눈웃음을 지었다.

"그래, 든든하구나."

짤막한 말을 남기며 사장이 지나가는데, 그 순간 서늘한 바람이 불어왔다. 그리고 뒤이어 차분한 목소리가 들려왔다.

"조심하렴. 이 섬은 길을 잃기 쉽단다."

뒤돌아보았을 때 사장은 이미 멀어져 있었다. 푸른 원피스에 그려진 희고 동그란 무늬가 눈의 결정체처럼 아른거렸다.

✳

달짝지근한 냄새가 진동했다. 초가 코를 킁킁거리며 앞서 걸어갔다. 거리에는 다채로운 해물이 가득한 빵과 과자, 아이스크림을 파는 가게들이 즐비해 있었다. 어? 어디 갔지? 금세 초가 보이지 않았다. 나는 초를 찾아 허둥댔다. 어느 가게 앞,

줄이 길게 늘어선 사람들 맨 끝에 초가 서 있었다.

겉모습만 보아도 아주 오래된 호떡 가게였다. 주인으로 보이는 중년 남자가 호떡을 굽고 있었다. 가까이 다가가자 뜨거운 기운이 훅 끼쳐왔다.

황금빛으로 번쩍이는 식용유에 들어간 반죽이 부글부글 끓었다. 주인은 노릇하게 구워진 호떡을 집게로 노련하게 집어서 쟁반 위에 올리며 우리를 슬쩍 보더니 넌지시 물었다.

"처음 보는 얼굴인데? 여행 왔니?"

"네, 잠시 달 호텔에 묵고 있어요."

내 대답에 주인 남자는 바쁘게 움직이던 손을 멈추고 나를 쳐다보았다. 그러곤 아차 싶었던지 얼른 호떡으로 눈을 돌리며 재차 물었다.

"달 호텔?"

"네."

그가 머리에 쓴 두건을 당겨 올렸다. 훤히 드러난 이마에 땀방울이 금방 고이더니 천천히 얼굴선을 따라 흘러내렸다. 주인 남자는 무언가 말을 하고 싶은 듯 입술을 달싹이다가 더는 말을 하지 않았다.

그때 남자 옆에 앉아 있는 여자아이 한 명이 눈에 들어왔다. 예닐곱 살 정도 되었을까. 워낙 조용히 놀고 있어서 존재감이 느껴지지 않았다. 내가 쳐다보자 아이는 작은 식물처럼 가만히 나를 올려다보았다. 몸을 한껏 웅크린 아이의 등 뒤로 그림자가 희미하게 보였다. 그림자가 없는 섬에서 유일하게 그림자가 보이는 아이라니…… . 나는 벽에 드리워진 그림자를 뚫어져라 쳐다봤다. 그러자 아이는 그림자를 숨기려는 듯 몸의 부피를 최대한 작게 만든 채 경계의 눈빛으로 바라봤다.

호떡에 정신이 팔려 있던 초도 아이의 존재를 눈치 챈 듯했다. 초는 장난기 가득한 표정을 짓더니 내 뒤로 슬금슬금 다가와 그림자로 변신했다. 땅 위에 사뿐히 내려앉은 초가 내 발밑에 달라붙었다. 아이의 시선이 땅으로 향하더니 깜짝 놀란 듯 두 눈이 둥그렇게 커졌다.

나는 아이에게 가까이 다가가 물었다.

"안녕, 꼬마야. 몇 살이야?"

아이의 시선은 여전히 내 발끝에 딱 달라붙어 있는 초에게서 떨어지지 않았다.

"너도 그림자가 있네? 나돈데."

나는 아이의 귓가에 속삭였다. 남과 달라서 느끼는 그 마음을 나는 알고 있었다. 그림자가 세 개였기 때문에 위축되었던 내 과거의 모습과 지금 이 아이의 모습이 겹쳐 보였다.

아이의 커다란 눈이 끔뻑끔뻑하더니 내 얼굴을 올려다봤다. 내 그림자를 봤기 때문일까. 떨리던 아이의 눈빛이 차츰 안정되었다. 천천히 아이가 입을 열었다.

"……여섯 살."

막 알을 깨고 나온 아기 새처럼 가냘픈 목소리였다. 순간 주인이 들고 있던 집게를 떨어뜨렸다.

"우리 애가 낯선 사람과는 말을 안 하는데……."

주인은 상기된 표정으로 얼른 떨어진 집게를 주웠다. 그러곤 멋쩍게 웃으며 "이런 적은 처음이라……" 하고 말을 잇더니 노릇하게 익은 호떡을 종이컵에 담아서 내게 건넸다.

"너네한테는 특별히 공짜로 줄게."

쿵쿵. 내 손이 종이컵에 다다르기도 전에, 어느새 사람의 모습으로 돌아온 초가 코를 쿵쿵대며 호떡을 가로챘다. 초는 입 안 가득 호떡을 한 입 베어 물었다. 호떡 맛이 만족스러웠는지 초의 광대가 한껏 치솟았다.

"아…… 친구?"

주인이 내게 다시 호떡을 내밀었다. 그러더니 뭔가 결심한 듯이 후, 숨을 크게 내쉬곤 한층 목소리를 낮추어 말했다.

"사실 귀찮은 일에 휘말리기 싫어서 말을 안 하려고 했는데…… 달 호텔을 조심해."

악운을 내쫓으려는 듯 그는 집게를 휘이 내저었다.

"달 호텔이요?"

내 말을 듣지 못할 만큼 주인 남자는 다음 손님을 맞느라 정신이 없어 보였다. 호떡 반죽이 치이익 소리를 내며 노릇하게 구워지고, 갈수록 점점 더 많은 사람들이 몰려와 줄을 섰다. 한층 바빠진 손길로 호떡을 굽던 주인 남자는 나를 향해 나직이 말을 뱉었다.

"오래 머물지 않는 게 좋을 거야. 웬만하면 다른 호텔로 옮기든지."

무슨 뜻이지? 묻고 싶은 게 많았지만 그는 고개를 휙 돌리더니 호떡을 굽는 데 집중했다. 더 이상 달 호텔에 대해 언급하고 싶지 않은 기색이었다.

나는 찜찜한 기분으로 초와 함께 걸음을 옮겼다. 동네를 둘러보는데 자꾸 주인 남자의 말이 걸렸다. 남자는 왜 달 호텔에 묵지 말라고 한 걸까. 수상한 비밀이라도 있는 걸까?

초가 벤치에 앉으며 말했다.

"으아, 피곤해. 잠깐만 쉬자."

초는 등받이에 몸을 기대어 다리를 쭉 뻗고는 피로한 듯 눈을 감았다. 나도 조용히 초 옆에 앉아 생각에 잠겼다. 벤치 위로 커다란 나무가 적당한 그늘을 만들어주었다. 나는 몇 번이고 입속으로 호떡 가게 주인이 해준 말을 되뇌었다.

그때 옆 벤치에 앉아 있는 사람들의 대화 소리가 들려왔다.

"너, 달 호텔에 대한 소문 들어봤어?"

"아니. 뭔데?"

"이거 진짜 비밀인데…… 그 호텔 여사장 있잖아, 그 여자가 밤마다 산짐승을 사냥한대. 산속에서 나오는 걸 내 친구가 몇 번이나 목격했대."

내가 사람들을 쳐다보자, 나를 의식했는지 사람들이 곧 자리를 떠났다. 초가 미심쩍은 얼굴로 입을 열었다.

"우리, 숙소 바꿔야 하는 거 아니야? 분위기가 좀 안 좋은 것 같아. 처음부터 느낌이 이상했어."

사실 나도 점점 의심이 들던 차였다. 달 호텔을 둘러싼 소문들이 마음에 걸렸다.

해우는 알고 있을까. 해우에게 물어봐야 할지 확신이 서지 않았다.

자리에서 일어난 우리는 다시 길을 걷기 시작했다. 여전히 달 호텔에 대한 의구심을 가지고 있는 채로. 걸어가는 내내 이유를 알 수 없는 불편한 감정이 스멀스멀 올라왔다.

✳

어느새 해가 저물었다. 아무런 소득 없이 호텔로 돌아가자니 마음이 편치 않았다. 오늘 밤도 호텔에 신세 질 수 있을까. 해우에게 짐만 되는 것 같았다. 정작 나는 아무런 도움도 되지 못하면서. 하루 더 머문다고 해서 그림자 상점을 찾을 수 있을지도 확신이 안 섰다. 그럼에도 섬을 떠날 수 없었다.

"아이고, 허리야."

초가 등허리를 손으로 받치더니 한숨을 쉬었다. 지쳐 보였다. 나도 슬슬 다리가 아프다고 느껴지던 차였다.

호텔에 도착해 방으로 돌아가려는데 통로에 서 있는 직원들이 보였다. 그들은 내가 가까이 다가갔는지도 모르고 조용히 대화를 이어갔다.

"사장님이 이번 달에도 그림자를 의뢰하신 것 같아."

"또 시끄러워지겠네."

직원들이 무언가를 알고 있는 걸까. 어쩌면 해우도 알고 있을지 모른다. 화병을 닦던 직원이 인기척을 느꼈는지 뒤돌아보았다. 그러더니 미처 못 할 말을 했다는 듯 황급히 돌아섰다.

"그게 무슨 소리예요?"

"아, 아니에요. 아무것도."

직원은 손을 내저을 뿐이었다.

"아 맞다! 사장님이 찾으셨어요. 얼른 사장실로 가보세요…… 그럼 전 이만."

직원은 급하게 화제를 바꾸며 자리를 떠났다.

우리는 엘리베이터를 타고 사장실이 있는 호텔의 맨 꼭대기 층으로 올라갔다. 노크를 하고 잠시 사장실 문밖에서 기다리고 있는데, 문지방을 넘기도 전에 산뜻한 꽃향기가 가득 몰려왔다.

사장실은 식물들로 가득했다. 방에 들어서자마자 펼쳐지는 초록빛 식물들에 정신이 혼미해질 지경이었다. 사무실이 아니라 마치 정원에 들어온 것만 같았다. 앉아 있는 여사장의 자리를 제외하고 사방에는 화초가 심겨져 있는 화분들이 자리하고 있었다. 그녀는 고급스럽고 커다란 원목 책상 앞에 앉아 무언가를 적어 내려가고 있었다. 얇은 종이 위에 서걱거리며 글씨 쓰는 소리가 들릴 정도로 방은 고요했다.

"왔구나."

여사장은 유리로 된 병에 펜을 꽂으며 차갑게 말했다.

"생명이 느껴지지 않니? 살아 숨 쉬는 건 모두 아름다워."

넋을 잃고 구경하는 내 시선을 따라 사장도 방 안을 둘러보았다. 화분마다 청아한 바람을 불러일으키는 것 같았다.

"취미로 하나둘 모으다 보니 이렇게 돼버렸어. 초록색을 보면 마음이 편안해지거든."

"이걸 다 모으신 거예요?"

초는 화들짝 놀라 물었다.

"그럼. 이름도 지어줬는걸."

그녀가 나를 보았다. 애정 어리던 눈빛이 금세 날카롭게 변했다.

"앞으로 어떻게 할 생각이니?"

사장이 안경을 벗으며 물었다. 검은색 뿔테 안경이 새하얀 안경 줄에 매달려 그녀의 목덜미에서 흔들거렸다.

나는 대답을 머뭇거렸다. 돈도 다 떨어지고 머물 곳도 없었다. 그렇다고 딱히 계획이 있는 것도 아니었다. 솔직히 도와달라고 말하고 싶었지만, 이곳에 있으면 위험해질 것 같아서 입이 떨어지지 않았다.

"아직 찾아야 할 게 있어서요."

여전히 의심스러운 눈빛으로 여사장을 바라보며 초가 말했다. 그녀에게 궁금한 게 많아 보였지만, 초 역시 쉽게 입을 열진 못했다. 나도 그녀의 안색을 살폈다.

"그래, 그래."

사장은 손깍지를 끼고 턱을 괴었다. 그 뒤로 보름달이 그려진 그림이 보였다. 그림 속 허연 달이 그녀의 얼굴을 띠처럼 동그랗게 둘렀다. 묘하고 비밀스러운 그 모습에 저절로 시선이 집중됐다.

"너희가 뭘 찾는지는 모르겠지만, 손님이 원치 않는 건 묻지 않는 게 이 호텔의 규칙이란다. 근데 둘에게는 도움이 필요해 보이는데? 내가 너희에게 제안을 하나 해도 될까?"

사장은 부드러운 목소리로 말을 이었다.

"달 호텔에 머물려면 생각보다 많은 비용을 내야 해. 아무리 해우 친구라고 해도 무료로 계속 재워줄 수는 없어. 형평성에 어긋나니까. 원하는 것을 찾는 동안 이곳에서 일해보는 게 어떻겠니?"

"일이요?"

예상치 못한 제안에 나는 눈을 동그랗게 뜨며 물었다.

"그래. 아직 미성년이긴 하지만, 여기서는 그게 별로 문제가 되진 않으니까."

별로 문제가 안 되다니. 그러고 보니 해우도 일하고 있었다.

하지만 해우는 경우가 다르지 않을까. 우리 처지만 생각하면 무조건 "네"라고 대답하는 게 맞다. 그런데 쉽게 대답할 수가 없었다.

"제가 할 수 있는 일이 있을까요?"

사장에게 조심스레 물었다.

"해우도 아무것도 모를 때 시작했어. 다들 그렇게 배우는 거란다."

"보호자 허락은……."

"보호자?"

순진한 질문이라는 듯 그녀가 웃었다.

"그건 네가 따로 말씀드리렴. 부모님이 걱정하신다면 말이야."

사장이 턱을 치켜들며 말했다. 눈을 가늘게 뜨고 우리를 바라보는 그녀의 모습에서 우아함이 느껴졌다.

나는 쉽게 입을 열지 못했다. 오늘 낮에 마을을 돌아다니며 들었던 소문들이 계속 마음에 걸렸다.

"어떻게 할래? 한번 해보겠니?"

재촉하는 목소리는 아니었지만 빨리 대답을 해야 할 것 같았다. 그래, 다른 방법이 없잖아. 여기까지 왔는데 더는 망설이고 싶지 않았다. 곁눈질로 초를 쳐다보았다. 소문을 금세 잊었는지 초는 세상 고민 없는 태평한 표정이었다. 물어보지 않아도 무슨 대답을 할지 뻔했다.

나는 마음을 다잡고 대답했다.

"네, 할게요."

"저도요!"

기다렸다는 듯 초가 말을 얹었다.

"잠깐 일하더라도 계약서는 써야지."

여사장이 계약서를 나에게 내밀었다.

"저는요?"

초가 불쑥 물었다.

"여리가 쓰면 그걸로 충분한걸."

사장이 처음으로 내 이름을 불러주었다. 해우에게 들어서 아는 걸까. 그녀가 부른 그 이름이 마치 다른 사람을 부른 듯이 낯설었다.

"일은 내일부터 하렴."

내가 사인을 하자, 사장이 계약서를 슬며시 다시 가져갔다. 얇은 종이를 휘리릭 넘겨 마지막 장을 펼친 후 내 사인을 손바닥으로 천천히 쓸어내렸다. 나는 조용히 여사장의 얼굴을 빤히 바라보았다. 그녀의 얼굴에 처연한 미소가 피어났다. 달처럼 신비로운 그 미소에 이상하게 안도감이 들면서도 마음 깊은 곳에서 두려움이 꿈틀거렸다.

앞으로 어떤 일들이 벌어질까. 예상할 수 있는 건 아무것도 없었다. 지금까지 그래왔던 것처럼. 하지만 한 가지는 확실했다. 이제는 도망치고 싶지 않았다.

그림같이 아름다운 그녀의 두 눈동자가 나를 바라보고 있었다. 나는 그 시선을 피하지 않고 마주했다. 그리고 당장 내가 할 수 있는 일만 생각하기로 결심했다.

5. 초

"딱 봐도 초짜고만."

책임 주방장으로 보이는 중년 남자가 내게 앞치마를 던져 주며 말했다. 퉁명한 목소리에 풀이 죽어서 기어들어가는 목소리로 "네……" 하고 대답했다. 하지만 이 사실을 아는지 모르는지 주방장은 설거지부터 깨끗이 해놓으라는 제 할 말만 하고 어딘가로 가버렸다. 나를 더 주눅 들게 하는 말까지 남기고.

"경험 있는 애로 데려오라고 그렇게 말했건만……."

일부러 들리게 말한 것 같진 않았지만 어쩔 수 없이 눈치가 보였다. 어디선가 직원들에게 지시를 내리는 주방장의 목소리가 더할 나위 없이 날카롭게 들려왔다. 아무래도 주방장에게 친절을 기대하긴 어려울 것 같았다.

주방은 작은 별채처럼 독립된 한옥 건물에 있었다. 천장에는 커다란 대들보가 가로지르고, 그 아래 나무 기둥들이 지붕을 견고히 지탱해주고 있었다. 한쪽 벽에는 여러 모양의 냄비들이 나란히 걸려 있고, 선반에는 이름을 알 수 없는 다양한 향신료들로 채워져 있었다.

주방의 한쪽 벽에는 수십 개의 서랍이 달린 원목 약장도 놓여 있었다. 주방장은 종종 천장까지 뻗은 그 약장 안에서 약재를 꺼내 음식에 첨가했다. 칼같이 일렬로 완벽하게 정리된 주방은 주방장의 성격을 보여주는 것 같았다.

주방의 아침은 분주했다. 채소를 썰고 육수를 끓이고 재료를 다듬는 손들이 바쁘게 움직였다. 아궁이에서 육수가 팔팔 끓더니 솥뚜껑을 타고 물방울이 방울방울 흘러내렸다.

"장작 좀 더 넣어!"

접시를 닦는 내게 주방장이 짜증 섞인 투로 말했다.

"아, 네!"

수세미를 내려놓고 벽에 쌓인 장작을 가져다 아궁이 밑에 밀어 넣었다. 장작이 타닥타닥 불탔다.

나는 다시 설거지를 하러 싱크대에 바짝 다가섰다. 잠시라도 행동이 굼뜨면 주방장의 천둥 같은 호통이 떨어져 한시도 쉴 틈이 없었다. 수세미에 노란색 세제를 묻혀 거품을 냈다. 사실 싱크대 위에는 색이 다른 세제들이 나열되어 있었지만, 그 이유에 대해 묻지 않았다. 왜냐하면…… 주방장은 너무 무서우니까.

내 모습을 지켜본 주방장이 인상을 찌푸리며 다가왔다.

"빨간색은 그릇, 노란색은 수저, 초록색은 냄비. 흰색은 나머지 것들."

우왕좌왕하던 나는 주방장의 말을 되새기며 설거지를 했다. 그릇은 빨간색, 수저는 노란색이고…… 냄비는 무슨 색이었더라? 열심히 설거지를 했지만, 잠깐 돌아보면 어느새 직원들이 설거지 거리를 싱크대 안으로 빠르게 쌓아놓기 일쑤였다. 기름때가 덕지덕지 낀 프라이팬과 양념장이 묻은 숟가락, 선반을 훔친 행주와 잡다한 그릇들까지…… 식기들은 순식간에 산처럼 쌓였다.

펄펄 끓는 솥에서 연기가 뿜어져 나왔다. 주방장이 다가가 솥뚜껑을 열었다. 커다란 주걱으로 밥을 고루 섞어주자 고소하고 달큰하기까지 한 냄새가 코를 즐겁게 했다. 그다음으로 약재를 넣은 푹 끓인 가마솥 뚜껑을 열었다. 강렬한 한방 냄새가 고소한 냄새를 덮고 주방 전체를 장악했다.

시간이 지나자 주방은 더 바빠졌다. 여덟 시부터 시작하는 아침 식사 서비스를 위해 다들 부산히 움직였다. 얼큰한 콩나물국과 생선구이, 디저트로 미니 약과까지 뚝딱 만들어지고 있었다.

때마침 홀 직원들이 주방에 왔다. 그중엔 해우도 있었다.

"잘 잤어?"

해우가 가까이 다가와 물었다. 내가 고개를 끄덕이자, 해우
는 더 바짝 다가오더니 속삭였다.

"점심 먹고 옥상에서 만나자."

주방장이 더 많은 그릇을 싱크대로 밀어 넣으며 나를 흘끗
쳐다보았다. 나는 해우에게 알겠다고 고개를 끄덕이고는 다
시 설거지를 시작했다.

나는 옥상 벤치에 앉아 부르트고 물집까지 생긴 손을 내려
다보며 한숨을 내쉬었다. 계속 찬물에 손을 담그고 있어서 그
런지 손이 퉁퉁 붓고 따가웠다.

"일은 할 만해?"

해우가 안타까운 눈빛으로 내 손을 쳐다보며 말했다.

"실수만 했지 뭐."

"처음엔 다 그래. 나도 그랬는걸? 금방 적응될 거야."

해우의 시선이 빨개진 내 손에 머물렀다.

"한약재로 만든 세제라서 조금 독해서 그럴 거야. 세제도
아무거나 쓰진 않거든. 산에서 재배한 식물을 잘 말려서 용도
에 맞게 사용하고 있어. 좋은 성분이라 피부에 해롭진 않을
거야."

"약재는 누가 만드는 거야?"

"주방장님이 만드셔. 음식에 넣으면 효능이 뛰어나서 먼 데
서 찾아오는 손님들도 많아. 보름달이 뜬 날이면 수많은 사람

들이 찾아오지."

"보름달이 뜬 날? 왜?"

"오래전부터 내려오는 전설이 있는데, 보름달이 뜬 날에는 약재의 효과가 극대화된다고 해. 그래서 유독 보름달이 뜬 그 날 밤에는 많은 손님들이 와서 필요한 약재를 주문해 먹지. 그래서 호텔 이름도 '달 호텔'이잖아."

해우는 내 오른손을 더욱 자세히 들여다보았다. 손바닥에 난 흉터를 발견한 듯했다. 눈썹을 치켜올리며 해우가 물었다.

"이 상처도 오늘 생긴 거야?"

"아냐, 이건 원래 있었던 거야."

"언제 생겼는데?"

"글쎄, 잘 모르겠어. 기억이 안 나."

나는 상처가 난 오른손을 허리춤 뒤로 숨기며 대답했다.

아빠에게 오른손 상처에 대해 물었던 적이 있었다. 그때 아빠는 어렸을 적 끓는 물에 데어서 그런 거라고 했다. 나는 그 일이 기억나지 않았다. 이유는 알 수 없었지만, 어린 시절의 기억이 띄엄띄엄 났다. 마치 중요한 사건들은 전부 무언가에 휩쓸려가버린 것처럼.

"아팠겠다."

해우가 나를 바라보았다. 해우의 투명한 갈색 눈동자 안에 걱정이 어렸다.

"상처에 바르는 연고가 있어. 이따가 가져다줄게. 자주 발라주면 좋아질 거야."

해우는 내 손이 계속 신경 쓰이는 듯했다. 고맙다고 말하려
는데, 그때 초의 목소리가 들렸다.

"나만 빼고 여기서 뭐 해? 얼마나 찾아다녔는지 알아?"

초는 입을 비죽 내밀며 걸어왔다.

"어디 있는지 몰라서. 일은 잘했어?"

나는 해우 가까이로 옮겨 앉으며 초가 앉을 자리를 만들어
주었다.

"그럼. 칭찬까지 받았는걸."

벤치에 털썩 앉은 초가 뿌듯한 표정을 지었다.

"넌 무슨 일을 하는데?"

"사장실에 있는 꽃과 나무들을 돌보는 일. 쉬운 줄 알았는데
은근히 까다롭더라. 수건으로 이파리 하나하나 닦아내고, 시
간 맞춰 물도 줘야 해."

초가 뻐근한 듯 양어깨를 돌렸다.

"사장님이 뭐라고 하신 줄 알아? 나보고 살아 있는 생명을
가꾸는 즐거움을 알았으면 좋겠대."

초는 내 얼굴을 멀뚱히 들여다보더니 나에게 바짝 다가왔
다. 그러곤 킁킁 냄새를 맡았다.

"그런데…… 너네한테서 왜 한방 냄새가 나?"

"주방에서 약재를 사용하거든. 일하다 보니 냄새가 뱄나 봐."

해우의 대답에 초가 고개를 갸웃 기울이며 중얼거렸다.

"흐음. 이 냄새는 사장님 방에서도 맡았는걸. 그 식물들을 말리면 꼭 이런 냄새일 것 같아. 너도 봤잖아."

"응. 온갖 식물이 있었어."

나는 초랑 사장실에 갔던 기억을 더듬었다. 그러자 한방 냄새가 더 짙게 코를 자극하는 것처럼 느껴졌다. 그런 나를 바라보던 해우가 차분히 말을 꺼냈다.

"사장님 방에 있는 식물들은 평범하지 않아. 매달 초에 어디선가 식물을 받아오시는데, 특별한 힘을 갖고 있다고 들었어. 특히 치유에 탁월한 능력이 있다던데……."

사장님은 그 식물들을 어디서 받아오는 걸까. 점점 더 사장님에 대해 궁금해졌다.

"어쩐지. 딱 봐도 보통 식물 같지는 않아 보였어. 죽음도 생명으로 옮길 수 있을 것 같던데?"

해우의 얼굴에 수심이 가득했다. 내 시선을 눈치 챈 해우가 미소를 지어 보였다. 부드러웠지만, 어딘가 불편해 보이는 웃음이었다.

✳

달 호텔에서 일한 지 2주가 흘렀다. 최저시급으로 숙박비를 계산한다고 했는데 어떻게 된 일인지 좀체 숙박비는 줄어들지 않았다. 귀신이 곡할 노릇이었다. 아, 얼른 그림자 상점을 찾아야 하는데…… 이러다간 그림자 상점은커녕 여기도 못 벗어나겠어.

주방일은 점차 익숙해졌지만, 출근하고 계속 쌓이는 그릇들은 익숙해지지 않았다. 깨끗이 설거지를 하고 선반에 그릇들을 차곡차곡 쌓아놔도 여전히 설거지통에는 더러운 그릇들이 대기 중이었다. 그렇게 정신없이 설거지를 하다 보면 점심시간이 된다. 드디어 자유시간! 그때마다 나는 해우를 만났다.

해우의 기억을 되찾아주기 위해 나는 해우에게 많은 이야기를 들려주었다. 우리가 다닌 학교 뒤편의 우거진 산에 사는 산짐승들이나 교내에 핀 예쁜 꽃 등 아주 사소한 이야기들을. 하지만 해우는 여전히 기억해내지 못했고, 나는 점점 더 마음이 조급해졌다.

주방에서 나는 늘 마지막까지 남아야 했다. 다른 직원들이 모두 퇴근한 다음 주방 청소를 하는 게 막내의 일이었기 때문이다. 모두가 떠난 주방은 어수선한 근무시간 때와는 다른 분위기가 흘렀다. 펄펄 끓던 아궁이에서 연기가 가시고, 도마 위 재료를 다듬던 소리가 허공으로 사라졌다. 부산하게 움직이던 요리 도구들이 벽에 가지런히 걸린 채 반짝였다.

나는 홀로 남아 청소하는 시간을 즐겼다. 모두가 퇴근하고 빈 주방은 오로지 나만의 공간이었다. 따뜻한 차를 한 잔 우려내 주방 구석에 있는 조그만 의자에 앉았다. 온종일 서 있다 보니 이 시간이 되면 종아리가 아파왔다. 그래도 차를 한 모금 마시면 피로가 조금은 풀리는 것 같아서 이 시간이 좋았다. 차를 마시려고 할 때였다.

쿵. 쿵. 쿵.

"또 들리네."

오늘도 어김없었다. 형체를 알 수 없는 짐승이 몸을 부딪치는 것만 같은 소리. 호텔에 처음 왔던 날, 그 밤에 들었던 소리와 같다. 도대체 누가 이런 소리를 내는 걸까. 사람이라고 하기엔 지나치게 투박하고 거친 소리다. 누가 몰래 짐승이라도 풀어놓은 걸까? 나는 밀대를 집어 든 채 가만히 서서 그 소리에 귀를 기울였다. 소리는 더 이상 들리지 않았다. 그 소리의 행방이 궁금했지만 알 길이 없었다.

"만날 제일 늦게 퇴근하네."

초가 주방으로 들어오며 말했다. 먼저 일이 끝나면 초는 종종 주방에 와서 나를 기다렸다.

"오늘은 인절미를 받았어. 너도 먹을래?"

초는 싱크대에 기대어 떡이 포장된 비닐을 뜯었다.

"가루 흘리지 마. 청소하고 있잖아."

내 말에 초가 심술이 났는지 입술을 쭉 내밀고는 조심히 일어나 싱크대 안에 가루를 털어냈다.

"좀 찾아봤어?"

일하는 시간이 정해져 있는 나와 다르게, 초는 정해진 일만 하면 시간을 자유롭게 쓸 수 있었다. 그래서 시간이 날 때마다 초가 그림자 상점을 찾아보기로 했다. 초가 주머니에서 지도를 꺼내 흔들어 보였다. 이 섬을 얼마나 헤집고 다녔는지 지도가 너덜너덜했다.

"못 찾았어, 오늘도."

아쉬움이라곤 전혀 느껴지지 않는 목소리. 초는 점점 그림자 상점을 찾는 데 관심이 없어진 듯했다. 초가 늦장을 부릴수록 나는 더욱 조급해졌다.

"샛길도 다 가본 거야? 오늘 가보기로 한 데가 어디였지?"

묵묵부답이던 초가 나의 채근에 못 이겨 입을 열었다.

"몰라."

"모른다고?"

"아무리 다녀도 없어. 이젠 정말 지쳐."

초는 대뜸 치마를 바짝 들어 올렸다. 발목부터 무릎 언저리까지 투명한 검은색으로 변해 있었다.

"이러다간 금방 그림자로 돌아가겠어. 그림자 상점이 있긴 한 걸까?"

말문이 막혔다. 언제 이렇게 심해진 거지? 그런데도 초는 아무렇지 않은 듯 얘기했다.

"괜찮은 거야?"

"아프진 않아."

"이러다가 더 심해지면……."

듣기 싫다는 듯 초가 고개를 가로젓더니 싱크대에 걸터앉아 다시 인절미를 먹기 시작했다.

"그래도 여기선 떡을 마음껏 먹을 수 있어서 좋아. 눈치 주는 사람도 없고."

자꾸만 초의 다리에 시선이 갔다.

"너도 먹을래?"

오물거리며 떡을 먹는 초의 입술에서 인절미 가루가 휘날리더니 바닥에 차분히 내려앉았다. 기분이 좋아 보여서 다행이긴 한데……. 그때 초의 얼굴이 서서히 검게 물들어가더니 몸과 발끝까지 완연한 그림자로 변했다. 어쩐지 요즘 들어 초가 점점 더 자주 그림자로 변하는 것 같았다.

초는 마지막 인절미까지 먹고는 목이 막혀서인지 기침을 했다. 콜록콜록. 황토색 인절미 가루가 공기 중에 흩날리더니 고소한 냄새가 코 안으로 깊숙이 들어왔다. 그 순간 잊고 있던 과거의 한 단면이 머릿속에 저절로 떠올랐다.

맨 처음 그림자가 두 개가 되었던 날은 할머니가 떡집에 나간 지 한 달 정도 되었을 무렵이었다. 내가 초등학교에 입학한 후 아빠의 사업이 신통치 않자, 할머니는 나를 키우는 데 돈이 필요하다며 일을 구하기 시작했다. 아빠의 만류에도 불구하고 할머니는 일을 나가겠다며 고집을 부렸다.

할머니는 매일 새벽같이 집을 나섰다. 할머니가 없는 집은 낯설었지만, 그것도 곧 익숙해졌다. 아침에 일어나면 나는 깊이 잠든 아빠의 얼굴을 확인한 후, 할머니가 차려둔 아침을 먹고 학교에 갔다. 하교 후에는 할머니가 일하는 떡집으로 곧장 갔다. 떡집 구석에 놓인 의자에 앉아 할머니가 일을 마칠 때까지 기다렸다. 평대에 깔린 다양한 떡에서 곡물 냄새가 진하게 풍겼다.

평대를 정리하던 할머니가 나를 보더니 말했다.

"너는 공부 열심히 해서 나중에 이런 일 하지 마."

"이런 일?"

"손에 물 묻히고 손등 터지는 일 같은 거. 책상에 딱 앉아서 더울 때는 시원하고 추울 때는 따뜻한 바람 나오는 곳에서 일해. 알았지?"

할머니는 확답을 들어야겠다는 듯이 내 얼굴을 빤히 쳐다보았다. 할머니의 검은 두 눈동자에 내 얼굴이 가득 찼다. 나는 할머니의 말을 완전히 이해하지 못했지만 "응!" 하고 해맑게 대답했다. 할머니는 안심한 듯 빙긋 웃었다. 한마디 말로도 할머니를 기쁘게 할 수 있구나. 그 뒤로 나는 할머니가 하는 말을 이해하지 못해도 알겠다고 대답했다.

"또 같이 왔어요?"

떡집으로 들어서는 주인아저씨의 얼굴이 굳어졌다.

"애가 좀 와 있을 수도 있지, 뭐."

"위험하니까 그렇죠. 기계도 많은데. 이러다 다치기라도 하면…… 내가…… 에휴."

주인아저씨는 내가 떡집에 오는 걸 반기지 않았다. 면박을 주지는 않았지만, 나를 보는 눈빛에서 거부감을 어렴풋이 느낄 수 있었다.

부산한 시장 골목에는 상호만 다른 떡집이 네다섯 군데가 있었다. 할머니가 일하는 떡집도 그중 하나였다. 나는 종종 주인의 눈치를 보다가 조용히 가게 밖으로 나와 목적 없이 시장 골목을 걸어 다녔다. 손님을 모으려는 상인들의 목소리가 허공에 떠돌아다녔다.

정처 없이 걷다 보니 같은 반 친구, 현지 엄마가 운영하는 반찬가게 앞이었다. 현지가 있을까 싶어서 가게 안을 들여다봤다. 나를 본 현지 엄마가 밖으로 나왔다.

"안녕하세요."

고개 숙여 인사를 했다. 진열대 위의 반찬들을 환히 비추고 있는 백열등에 눈이 부셨다. 그 위로 아줌마의 얼굴이 언짢은 듯 찡그려졌다.

"현지 보러 왔어? 지금 없는데, 어쩌지?"

나는 주머니 속에 넣어둔 떡을 손으로 꽉 쥐었다.

"현지한테 떡 주고 싶어서요."

언젠가 현지가 내게 떡을 좋아한다고 했던 게 기억났다. 나는 주머니 속에서 떡을 꺼내 보여주었다.

"현지에게 전해줄게. 이만 가보렴."

아줌마는 성급히 떡을 받고는 얼른 가라는 듯 손짓했다. 어쩔 수 없이 나는 인사를 하고 뒤돌아섰다.

"엄마가 쟤랑 놀지 말랬지. 엄마도 없고, 맨날 혼자 있잖아. 음침하게."

자리를 떠나려는데 가게 안에서 아줌마의 목소리가 쟁쟁하게 들려왔다. 나도 모르게 눈에서 눈물이 후두둑 떨어졌다. 촉촉이 젖은 볼을 소매로 훔치며 가게를 향해 뒤돌아 보았다. 문 안쪽으로 현지가 보였다.

"이것도 먹지 마. 떡이 엄청 딱딱하네. 얼마나 오래된 걸 준 거야."

아줌마는 내가 준 떡을 쓰레기통에 던져버렸다. 그 순간 현지와 눈이 마주쳤다. 현지가 무언가 말을 하려는 것처럼 입술을 작게 움직였지만, 나는 재빨리 고개를 돌려버렸다.

한참 동안 시장 골목을 떠돌아다녔다. 그리고 한밤이 되어서야 다시 할머니가 계신 떡집을 찾아갔다. 내 걱정에 마음을 졸이셨는지 할머니가 날 보자마자 가게 밖으로 뛰쳐나왔다.

"여리야, 얼른 들어가자."

할머니의 손을 잡고 떡집으로 들어가려던 바로 그 순간, 나는 처음으로 보았다. 갈라져 나온 새 그림자를. 허름한 떡집에서 새어 나오는 조명이 나를 꾸밈없이 비춰주었다. 땅에 비친 내 그림자가 두 개였다.

"내 말 듣고 있어?"

"응?"

초의 목소리에 나는 기억 속에서 빠져나왔다. 초는 퉁명스러운 얼굴로 나를 바라보았다.

"지금 중요한 말 하고 있잖아. 유나가 달 호텔에 머물렀었다고!"

"유나가?"

나는 애써 초가 한 말을 기억해내며 되물었다. 초는 팔짱을 낀 채 고개를 끄덕였다.

"그래. 다른 직원들이 수군거리는 걸 엿들었어. 아무리 물어봐도 대답해주진 않았지만, 분명 '유나'라는 이름을 들었다니까!"

유나가 달 호텔에 머물렀었다고? 유나는 이곳을 거쳐 그림자 상점으로 간 걸까. 도대체 그림자 상점은 어디에 있는 건데?

"그나저나 무슨 생각을 그렇게 골똘히 해? 이제 유나를 찾을 수도 있을 것 같은데."

"그냥, 옛날 생각이 나서……."

내가 말끝을 흐리자 초가 닦달했다.

"옛날 생각? 뭔데?"

"네가 어떻게 생겨났는지."

"이제야 기억해낸 거야? 참 고맙네."

초는 뾰로통한 얼굴로 대꾸했다.

"떡, 더 먹을래?"

그림자 상점

나는 냉동실 문을 열어 포장된 떡을 꺼냈다. 색이 곱게 빚어진 무지개떡이었다. 단단히 얼어붙은 떡을 찜통에 넣고 불을 올렸다. 시퍼런 불씨가 찜통을 데우기 시작했다.

"나, 이 떡 제일 좋아하는데."

초가 싱그럽게 웃었다. 무지개떡을 먹을 생각에 설레는 듯했다. 그 얼굴을 마주 보는데 괜히 코끝이 시큰해졌다.

나 역시 빙긋 웃으며 말했다.

"나도 좋아해."

초가 언제 생겼는지 기억이 나자, 유나도 궁금해졌다. 유나는 언제부터 나와 함께하게 된 걸까. 그걸 기억해내면 유나의 마음을 이해할 수 있을까? 유나는 지금 어디쯤에 있는 걸까?

초가 비닐에 남아 있던 떡 가루를 입안에 탈탈 털어 넣었다. 떡 가루가 바닥 사이사이로 떨어졌다. 아무래도 바닥 청소를 다시 해야 할 듯싶었다. 그래도 오늘은 왠지 화가 나지 않았다. 나는 가만히 초 옆에 섰다. 우리는 함께 떡이 말랑말랑해지기를 기다렸다.

6. 잼과 그림자

"스위트룸 손님이 주방장님을 만나고 싶대요."

해우의 말에, 고기를 굽던 주방장이 고개를 돌렸다.

"무슨 일인데?"

"글쎄요. 직접 말하겠다고 그랬어요."

주방장은 귀찮다는 듯 얼굴을 찡그렸다. 한창 바쁜 아침 시간에 손님을 보러 객실까지 가는 일이 성가신 듯했다.

주방장이 나를 흘끗 보며 말했다.

"네가 가."

"제가요?"

놀라서 되물어봤지만, 주방장은 날 쳐다보지도 않았다.

"나 바쁜 거 안 보여? 네가 대신 가."

주방장은 프라이팬에 담긴 소고기에 간장을 뿌렸다. 고기가 치이익 소리를 내며 노르스름하게 익어갔다. 나는 요리에 열중하는 주방장을 빤히 바라보다가, 접시를 미리 준비해 주방장 옆에 내려놓았다. 내가 대신 가도 되는 걸까. 일을 시작한 지 고작 2주밖에 안 됐는데……. 앞치마에 젖은 손을 쓱쓱 닦고 해우를 따라 주방을 나섰다.

"적당히 인사만 하면 될 거야. 가끔 스위트룸 손님들 중에는 직접 요리사를 만나고 싶어 하는 사람도 있거든."

엘리베이터 앞에 섰을 때, 내가 초조해 보였는지 해우가 친절하게 설명해주었다.

"스위트룸은 다른 객실과 달라?"

"응. 우리 호텔에는 두 개뿐인데, 다른 객실의 다섯 배 정도 돼."

엘리베이터는 순식간에 3층에 도착했다. 해우가 계단 오른편 복도를 따라 앞서 걸어갔다. 아직 한 번도 가본 적 없는 공간이었다. 풍경화 그림들이 전시된 복도 끝에 얇은 나무 창살이 돋보이는 넓은 문이 보였다.

똑똑. 해우가 문을 두드렸다. 잠시 후 방에서 인기척이 들렸다. 들어오라는 신호다. 해우는 내가 먼저 들어갈 수 있게 문을 열어주었다. 그러곤 해우가 내 뒤를 따라 들어오려는데, 바로 그때 건조한 목소리가 다시금 들렸다.

"요리사만."

크지 않았지만 단호한 말투였다. 문 앞에 선 해우가 멈칫했다. 걱정스러운 표정으로 나를 바라보던 해우에게 괜찮다는 듯 웃어 보였다.

스위트룸은 굉장했다. 문을 열자마자 비밀에 싸인 듯한 또 다른 문이 보였다. 나는 그 문을 열어젖혔다. 그러자 왼쪽에는 안방으로 보이는 문이, 오른쪽에는 거실로 통하는 투명한 유리문이 있었다. 해우가 이곳으로 오는 내내 설명해줘서 그런지 마치 이곳에 와본 듯한 착각마저 들었다. 해우가 설명해 준 대로라면, 이 곳곳에 있는 문을 열어젖히면 한 공간이 될 것이다.

원래대로라면 오른쪽 문을 열어야 했지만, 난 궁금증을 참지 못하고 왼쪽 문을 살짝 열어보았다. 자개로 만들어진 화려한 장롱이 한쪽 벽면을 가득 메우고, 그 앞에는 색색으로 수놓은 비단이불이 깔려 있는 대형 침대가 있었다. 나무로 만들어진 수납장 안에는 청화백자가 크기별로 전시되어 있고, 오색실을 수놓아 만든 병풍이 방 한편에서 존재감을 과시하고 있었다. 이곳에 묵는 사람은 어떤 사람일까? 점점 더 그 사람이 궁금해졌다.

"으흠!"

헛기침 소리에 얼른 발길을 돌려 오른쪽 문을 열었다. 소파에 앉아 신문을 읽고 있는 남자가 보였다. 내가 그 남자 앞에 다가섰는데도, 그는 본체만체 가늘고 긴 손가락으로 신문을 휘리릭 넘겼다. 읽는지 의심될 만큼 아주 빠른 속도로. 마지막

페이지에 이르렀을 땐 종이가 찢어지는 소리가 나더니, 한동안 신문을 읽는 데에만 집중했다. 신문 위로 빼꼼 삐져나온 붉은 머리카락이 햇빛에 비쳐 희미하게 일렁였다.

"제일 말단을 보냈네?"

내 얼굴을 보지도 않았는데, 남자가 무심하게 말했다.

"주방장님이 바쁘셔서요."

"내가 왜 불렀는지도 모르면서."

그는 신문지를 고이 접더니 탁자 위에 탁 던져놓았다. 그의 손길에서 신경질이 느껴졌다. 그제야 나는 남자의 얼굴을 마주할 수 있었다. 남자의 귓불과 손목에 치렁치렁 달려 있는 화려한 황금색 장신구가 먼저 눈에 띄었지만, 외모를 보고 더 깜짝 놀랐다. 이십 대 후반, 아니 삼십 대 초반은 되었을까. 어디를 가든지 눈에 띌 것 같은 붉은색 머리카락과 날카로운 눈매, 높은 코와 긴 입술. 이목구비가 너무 뚜렷해서 어딘지 모르게 어색해 보이기도 했지만, 그 모습에 넋을 잃을 정도였다. 그저 아름답다는 생각밖에 들지 않았다.

"뭘 봐?"

신경질적인 목소리에 나는 황급히 시선을 내렸다. 노려보듯이 나를 바라보던 그 남자가, 손바닥으로 탁자를 툭툭 두어 번 두드리더니 갑자기 방 안을 휙 둘러보았다.

"이상한데?"

그 말과 함께 남자가 자리에서 일어났다. 눈을 게슴츠레 뜬 남자가 방 안 곳곳을 천천히 걸어 다녔다. 수색이라도 하는 것처럼.

"분명히 나는데…… 그림자 냄새가."

고개를 갸웃하며 남자가 혼잣말을 했다. 딸꾹. 그림자라는 말에 깜짝 놀라 아래를 쳐다보았다. 내 발밑에 초가 붙어 있었다. 얘는 왜 날 따라온 거야? 갑자기 머리가 쭈뼛 서는 것 같았다.

"손님, 무슨 일이에요?"

나는 어색한 티를 내지 않으려고 애쓰면서 손님에게 다가갔다. 그 틈을 타서 초가 장롱을 향해 움직였다. 평소와 다르게 서서히 움직이는 모습이 위태롭게 보였다.

남자가 뒤돌아보았을 때는 이미 초가 빠르게 수납장 아래로 숨어든 상태였다. 혹시라도 남자가 초를 찾아내면 어떡하지? 날카로운 남자의 눈빛에 나는 침을 꿀꺽 삼켰다. 초를 들키게 내버려둘 수 없었다.

그때 탁자 위에 놓인 푸른빛의 도자기가 눈에 띄었다. 나는 슬쩍 탁자로 갔다. 그리고 눈 딱 감고 쟁반을 내려놓으면서 도자기를 슬쩍 밀었다.

쨍그랑! 도자기가 바닥에 떨어지며 산산조각이 나버렸다. 동시에 화한 약재 향이 방 안에 퍼졌다. 수납장 쪽으로 향하던 남자의 시선이 나에게로 향했다. 나는 얼른 조각난 조각들을 줍기 위해 허리를 숙였다.

"거기서 뭐 하는 거야!"

남자가 신경질적으로 소리를 버럭 질렀다.

"죄…… 죄송합니다. 바로 치울게요."

"아니, 만지지 마."

남자는 손으로 이마를 짚으며 고개를 가로저었다. 그는 소파에 앉아 내게 가까이 다가오라고 손짓했다. 나는 남자에게 조심스레 다가갔다. 내가 그에게 바짝 가까이 갔을 때, 그가 냉소적인 투로 말했다.

"지금 네가 끼친 손실은 이곳 사장에게 보상받도록 하지. 꼴도 보기 싫으니까 죽은 음식이나 도로 가져가."

남자의 가늘고 긴 손가락이 탁자 위에 놓인 쟁반을 가리켰다. 소고기볶음과 계란찜, 구운 채소와 잡곡밥까지 처음 가져다준 그대로였다.

죽은 음식? 나는 남자의 의중을 헤아릴 수 없어 그대로 서있었다.

"네? 죽은 음식이라니요?"

"죽은 걸로 내 피와 세포를 만들 수 없어. 이따위 죽은 음식은 얼른 치우고 살아 있는 음식으로 가져와."

남자는 한껏 인상을 찌푸렸다. 죽은 음식과 산 음식이 따로 있나. 대체 죽어 있다는 게 무슨 말이지? 그때 서랍장 아래에 숨어 있던 초가 움직이기 시작했다. 꿈틀대더니 벽에 착 달라붙어 천천히 문을 향해 조금씩 나아갔다. 약재 향 때문인가.

다행히 남자가 눈치 채지 못한 것 같았다.

"이 섬은 여전히 마음에 안 들어. 그림자들은 다 어디에 숨은 거야?"

남자가 혼잣말처럼 중얼거렸다. 그림자? 아까 내가 잘못 들은 게 아니었어! 섬에 있는 동안 초를 제외하고 그림자에 대해 언급한 사람은 없었다. 마치 그림자의 존재가 세상에서 아예 지워져버린 것처럼. 아무래도 이 남자가 뭔가를 알고 있을 거라는 확신이 들었다.

"못 들었어? 이거 치우고 살아 있는 음식으로 가져오라고!"

남자가 쟁반을 밀어내며 소리쳤다. 벽에 착 붙어서 움직이던 초가 남자의 목소리에 깜짝 놀라 바닥으로 툭 떨어졌다. 나역시 협박처럼 느껴지는 남자의 말에 겁이 났다. 초가 여기 있다는 걸 들킬까 봐 더더욱. 나는 쉬이 방을 나설 수 없었다. 그림자라는 단어를 들어버린 이상 이대로 도망칠 수 없었다.

"혹시 그림자 상점을 아세요?"

내 물음에 남자의 무표정한 얼굴에 변화가 일었다. 남자의 눈썹이 굴곡을 만들며 위로 바짝 올라갔다.

"어쩐지 낯이 익었는데…… 그래, 그곳에서 너를 닮은 아이를 봤어. 이름이…… 뭐였더라?"

남자는 팔짱을 낀 채 의자 등받이에 눕다시피 기대었다.

"유나를 보셨어요?"

다급한 내 모습에 남자가 미소를 지었다. 그러곤 고개를 끄덕이며 사뭇 누그러진 목소리로 말했다.

"유나? 표정을 보아하니 알겠어. 걔가 도망간 네 그림자지?
그런 건 내가 전문인데…… 잡아줄까?"

잡아준다고? 남자의 말을 이해하기 어려웠다.

"물론 공짜는 아니야. 값만 제대로 지불하면 돼."

내 쪽으로 몸을 숙이며 남자가 은밀히 제안을 해왔다.

"유나를 직접 찾고 싶은데요."

"내가 싸게 해줄게. 확실히 잡아다 준다니까?"

"괜찮아요. 돈도 없고…… 그림자 상점이 어디 있는지만 알
려주실 수 없나요?"

"나한테 맡기면 쉬울 텐데 왜 어려운 길을 가려고 하지?"

물건을 사고파는 것처럼 태연하게 말하는 남자의 말투가
꺼림칙했지만, 나는 유나를 꼭 찾고 싶었다.

"하지만 돈이……."

"정보를 그냥 줄 수는 없지. 단, 네가 나를 도우면 알려줄게."

남자는 곧 원래의 오만하고 까칠한 목소리로 돌아왔다. 나
는 가만히 생각에 잠겼다. 이 남자를 믿어도 될까?

"뭘 도와드리면 되는데요?"

남자는 손등으로 턱을 쓸며 나를 위아래로 훑어보았다.

"너, 사냥해본 적 있어?"

사냥? 뜻밖의 단어에 깜짝 놀라 남자를 바라봤다. 슈트를
입은 남자의 옷차림은 사냥과 거리가 멀어 보였지만, 차갑고

냉혈한 눈빛이 어쩐지 어울리는 것 같기도 했다.

"딱 보니 안 해봤군. 이래 봬도 난 사냥꾼이야. 정보를 원하면 사냥을 도와."

사냥꾼이라니……. 호텔 뒤로 숲이 우거져 있었다. 그래, 그곳에서 짐승들이 살지도 모른다. 이 마을을 중심으로 사방이 산이었으니까. 가끔 밤중에 숲에서 스산한 소리가 들려왔다. 밤마다 사냥을 한다던 사장님의 소문과 연관이 있는 걸까?

"뭘 사냥하시는데요?"

"죽어 있는 것들."

남자의 얼굴에 한순간 섬뜩한 미소가 피어올랐다. 짧은 순간이었지만 그 모습을 보고 있자니 내 몸에 저절로 소름이 돋았다. 이 거래를 해도 될지 갑자기 두려웠다. 하지만 그림자 상점이 어디 있는지 안다는 남자의 말이 거짓말 같지는 않았다.

"뭘 망설여? 그림자 상점에 대해 알고 싶지 않아?"

마치 내 마음을 읽은 것처럼 남자가 물었다.

"이곳에서 그림자 상점에 대해 알려줄 수 있는 사람은 나뿐이야. 이 섬에 사는 사람들이 좀 다르다는 걸 알았을 텐데? 여기 사람들은 그림자가 없어. 왜 그런지 궁금하지 않니?"

거절하기 힘든 제안이었다. 나는 입술을 지그시 깨물었다.

"도와드릴게요. 대신 약속은 꼭 지키세요."

미묘한 웃음을 지으며 남자가 고개를 끄덕였다. 그를 뒤로 한 채 나는 쟁반을 들고 방을 빠져 나왔다. 그때 뒤에서 목소리가 들려왔다.

"일단 음식부터 다시 가져와. 살아 있는 걸로."

살아 있는 음식이 뭘까……. 깊은 생각에 빠져 있는데, 마침 현관 신발장에 붙어서 나를 기다리고 있는 초가 보였다. 초를 들키지 않았다는 생각에 안도의 한숨이 나왔다. 휴우.

하지만 그것도 잠시뿐이었다. 문을 닫고 복도로 나온 순간 갑자기 목덜미가 서늘해졌다. 초는 말도 없이 사라지고, 온전히 나 혼자 복도를 걷고 있었다. 알 수 없는 불안감이 밀려왔다. 희미한 남자의 웃음만큼 형체가 보이지 않는 불안이었다.

✳

"아, 그 사람? 몇 년간 안 보이더니."

주방장이 생각만 해도 끔찍하다는 듯 몸서리를 쳤다.

"약재 좀 꺼내와. 오른쪽에서 세 번째, 아래에서 두 번째 칸. 왼쪽에서 두 번째, 아래에서 일곱 번째 칸……."

나는 주방장이 가리킨 거대한 약장에서 서랍을 하나씩 열었다. 다양한 식물을 말린 약재는 손끝에서 쉽게 부스러졌다. 오른쪽에서 세 번째, 아래에서 두 번째…… 그리고…… 뭐지? 순간 멈칫하자 주방장이 소리를 버럭 질렀다.

"그거 하나 제대로 못 해?!"

"죄송합니다."

나는 조심스럽게 주방장이 말한 약재들을 꺼냈다. 붉은색
마른 꽃잎, 두껍게 잘라놓은 채소 줄기, 여러 종류의 씨앗들과
이름을 알 수 없는 식물들까지. 꺼끌꺼끌한 종이에 담긴 약재
에서 처음 맡아보는 역한 냄새가 풍겼다. 약재에서 이토록 고
약한 냄새가 날 줄은 몰랐다. 나는 숨을 꾹 참고 주방장에게
약재를 가져다주었다.

"또 그 약재를 사용하는 건가?"

"온몸의 감각을 깨우는 약재라지?"

주방 직원들이 수군거렸다. 주방장의 손에 들린 약재에 모
두의 시선이 집중되었다. 온몸의 감각들을 깨우는 약재라
면…… 그 남자가 말한 살아 있는 음식이란 이런 걸까.

"시끄러워!"

주방장이 소리를 지르자 직원들이 눈치를 보며 자신의 위
치로 돌아갔다.

주방장은 빠르게 냄비를 불 위에 올려놓곤 저울 위에 약재
를 조금씩 올리며 무게를 쟀다. 약재가 조금만 잘못 들어가도
큰일 난다나? 주방장은 육수를 끓이며 정확한 때에 여러 약재
를 소분해서 넣었다.

잠시 후, 주방장이 조리한 음식을 거칠게 내놓으며 말했다.

"자, 갖다 줘."

"네."

"이번에도 다시 해오라고 하면 나도 안 참아. 스위트룸에 묵는다고 다 맞춰줄 줄 알아?"

나는 새로 받은 음식이 식을까 봐 조바심을 내며 빠르게 걸었다. 혹시나 하는 마음에 주변을 두리번거렸다. 다행히 초는 없었다. 사냥을 돕는 게 맞는 걸까? 홀로 스위트룸으로 가는 동안 머릿속에 별별 생각이 스쳤다. 남자의 말이 어쩐지 께름칙했기 때문이다.

똑똑. 스위트룸 문을 열고 들어가자, 따분한 표정으로 앉아 있던 남자가 턱 끝으로 의자를 가리켰다.

"왜 이렇게 늦었어? 앉아."

테이블 위에 쟁반을 내려놓은 후 나는 남자 앞에 앉았다. 긴장감에 마른침을 삼켰다. 그런데 남자는 먹지 않고 도리어 내 쪽으로 쟁반을 밀어냈다.

"먹어."

"제가요?"

주춤하는 내게 남자가 말했다.

"삐쩍 마른 걸 보니 힘이 하나도 없겠어. 나를 도우려면 먹어둬야 할 거야. 살아 있는 음식은 특별한 힘을 주니까."

쟁반에 든 음식은 단출해졌지만 여전히 먹음직스러워 보였다. 해산물을 넣은 냉우동과 생강 절임. 손님이 살아 있는 걸 원한다는 말에 주방장이 화를 내며 다시 만들어준 음식이었다. 사실 내 눈엔 아까와 별반 다르지 않았다.

"저는…… 괜찮아요."

"먹으라니까?"

남자는 아예 턱을 괴고 나를 바라보았다. 먹을 때까지 지켜볼 요량 같았다. 나는 어쩔 수 없이 숟가락을 들어 새우와 함께 국물을 한 입 떠먹었다. 다양한 약재의 향이 몸 안으로 깊숙이 들어오더니, 새우 살을 씹자 짭조름한 즙이 새어 나와 입안이 온통 바다가 된 것 같았다.

"처음 먹어보지? 그럴 거야. 흐흐. 살아 있는 건 그렇게 쫄깃 쫄깃해. 방금 막 사냥한 것처럼."

남자는 그제야 흡족한 표정을 지었다.

"약초를 넣어 음식이 살아나도록 했겠지. 냄새를 맡아보니 제대로 만들었어. 평범한 인간은 평생 구경도 못 할 텐데, 너는 운 좋은 줄 알아."

남자가 웃을 때마다 눈코입이 따로 움직이는 것 같았다. 기분이 좋아 보이면서도 묘하게 신경질적인 느낌이었다.

"그러니 꼭꼭 씹어 먹어."

냉기 가득한 목소리가 강압적으로 들렸다.

"아까 말한 사냥이라는 게……."

"다 먹으면 말해준다니까?"

남자의 속마음을 도저히 파악할 수 없었다. 설명해주는 것 같으면서도 핵심만 쏙 빼놓고 말했다. 나는 설명 듣기를 포기한 채 면발을 입안에 넣고 호로록 흡입했다. 남자의 말대로 면

발이 졸깃했다.

"잘 먹네. 남기지 말고 먹어. 전부 다."

남자의 입가에 보조개가 쏙 들어갔다. 남자의 표정은 다양한 감정을 응축해놓은 것 같다. 예리한 눈매와 미소 짓는 입술, 냉담한 목소리와 치켜든 턱.

남자의 얼굴이 섬뜩했다. 나는 그의 눈치를 살피며 국물을 열심히 떠먹었다. 남자의 말대로, 남김없이.

"이제 가봐."

＊

직원들이 모두 퇴근하고 주방에 혼자 남았다. 주방을 정리해야 했다. 다른 날 같으면 이미 방으로 돌아갔겠지만 오늘은 이상하게 몸이 아파서 그런지 좀처럼 일처리가 느렸다.

오후 내내 머리가 어지럽고 가슴이 답답했다. 소화제를 먹어도 소용없었다. 가슴 언저리를 주먹으로 연신 두드렸다.

드르륵. 문이 열리는 소리가 들려왔다. 나는 고개도 돌리지 않고 말했다.

"오늘은 좀 빨리 왔네?"

"내가 올 줄 알았나 봐?"

예상 밖의 목소리였다. 그제야 나는 걸레질을 멈추고 문 쪽을 바라보았다. 스위트룸의 그 남자, 사냥꾼이 서 있었다.

"이곳에 들어오시면 안 돼요."

"사냥할 시간이야."

사냥꾼은 태평하게 대꾸하고는 자신이 메고 온 자루를 테이블 위에 올려놓았다. 그가 주방을 휙 둘러보았다. 찰나였지만 빠르게 주방을 파악한 것 같았다.

"이건가?"

사냥꾼은 한 치의 망설임도 없이 약장으로 걸어가더니 서랍을 마구잡이로 열기 시작했다. 그러곤 약재를 꺼냈다 도로 집어넣기를 반복했다. 사냥꾼 때문에 바닥이 금세 약재 가루로 지저분해졌다.

"마음대로 열어보시면 안 돼요."

내일 되면 꼼짝 없이 나만 혼나겠지. 사냥꾼을 말리려고 했지만 그는 막무가내였다.

"아까 가져온 요리에 넣은 약재가 뭐였어?"

"그건 주방장님만 아세요."

나는 열려 있는 서랍들을 차례대로 하나씩 닫으며 대답했다. 약재는 전부 비슷하게 생긴 데다 종류가 많아 주방장만 알아볼 수 있었다. 듣기론 주방장은 약재에 대해서는 그 누구에게도 가르쳐주지 않는다고 했다. 마치 누구도 넘볼 수 없는, 오로지 그만의 영역인 것처럼.

천장까지 높게 뻗어 있는 서랍장을 올려다보던 사냥꾼이 갑자기 내 손을 덥석 잡았다.

"정말 몰라?"

사냥꾼은 내 손을 서랍장 위에 얹었다.

"눈을 감고 느껴봐. 살아 있는 약재들을. 피와 살을 만들고 죽은 것들을 현혹하는 그것이 네게 알려줄 거야."

나는 눈을 깜빡이며 사냥꾼을 바라보았다. 연갈색 눈동자가 얼핏 황금빛을 띠었다. 그 눈을 바라보고 있자니 내가 투명해지는 기분이 들었다. 솔직하게 다 말해야 할 것만 같았다.

천천히 눈을 감았다. 그러자 사냥꾼의 머리카락만큼 붉은 빛이 스멀스멀 피어올랐다. 손바닥 아래로 꿈틀거리는 생명력이 느껴졌다. 그것은 내 손끝에서 뜨겁게 뻗어나갔다.

"살아 있는 음식을 먹으면 잠들어 있던 몸의 모든 감각이 깨어나게 되지. 나는 이미 너무 많이 먹어서 내성이 생겨버렸어. 그래서 네 도움이 필요한 거야."

시간이 지날수록 손바닥에서 점점 더 강한 열기가 느껴졌다. 나는 다시 눈을 떴다. 약장 위로 빛나는 붉은 실이 흐늘거리며 움직였다. 마법…… 같아.

"멍하니 서 있지만 말고 약재 좀 꺼내봐."

사냥꾼이 말했다. 나는 실이 닿은 서랍들을 차례로 열어 약재를 꺼냈다. 마지막 약재까지 꺼내자 붉은 실은 금세 힘을 잃고 땅으로 툭 떨어졌다. 사냥꾼은 그 붉은 실을 실타래에 돌돌 감고는 자신의 주머니에 쏙 넣었다.

"그 실은 뭐예요?"

"네 감정들. 사냥할 때 요긴하게 쓰이지. 이건 내가 가져갈게."

사냥꾼은 자신이 가져온 자루를 테이블에 올려놨다.

"이걸로 잼을 만들어. 방금 꺼내놓은 약재도 다 넣고."

자루 안에는 과일들이 가득했다. 파릇파릇한 향이 코를 찔렀다. 사과와 무화과, 딸기와 체리, 석류까지. 전부 붉은 과일들뿐이었다.

"잼이요? 그건 왜요?"

대체 잼은 왜 만들라고 하는 걸까. 사냥하는 데 무슨 상관이라고. 하지만 사냥꾼은 대답 대신 주방에 놓인 냄비들을 하나씩 열어보았다.

"이런 식이면 저도 도와드리기 어려워요."

나는 한 걸음 뒤로 물러서며 말했다.

"그림자 상점으로 가는 열쇠는 내가 갖고 있어. 그냥 내가 하라는 대로 하는 게 좋을 텐데."

사냥꾼이 비열하게 느껴졌다. 한쪽으로만 올라간 입꼬리와 눈썹을 보니 더더욱.

결국 나는 커다란 냄비를 꺼냈다. 잼을 만드는 건 그다지 어려운 일이 아니다. 먼저 과일들을 댕강 잘라 냄비 안에 넣었다. 중간 불에 익히다가 물기가 서리면, 그때 설탕을 듬뿍 뿌려주면 끝이었다. 서랍장에서 꺼낸 약재도 함께 넣기 위해 테이블 위에 펼쳤다. 잠깐, 그런데 얼마나 넣어야 하지? 조금만 잘못 넣어도 큰일 나는 것 같던데……. 주방장이 세심하게 계량해서 넣던 게 생각났다. 마법인지 환상인지 알 수 없는 방법으로 약재까지는 꺼냈는데, 문제는 그다음이었다. 꺼낸 약재만 일곱 가지였지만 각각 얼마만큼의 양이 들어가는지 전혀 가늠되지 않았다.

나를 감시하듯 기다리는 사냥꾼을 흘긋 보았다. 대충 눈대중으로 넣어도 되겠지. 조금 틀려도 눈치 못 챌 것 같았다. 나는 과일이 짓눌리지 않도록, 또 약재와 잘 섞이도록 냄비 안을 주걱으로 열심히 저었다. 잼이 끓기를 기다리고 있는데 천장에서 소리가 났다.

쿵. 쿵. 쿵.

쿵. 쿵. 쿵.

쿵. 쿵. 쿵.

뛰어가는 발자국 소리. 매번 듣던 그 소리가 이번에는 조금 달랐다. 무서운 생각이 머릿속을 스쳤다. 도…… 도망치는 소리였어. 무엇으로부터?

"더 선명히 들리겠지. 네 몸도 달라졌으니."

사냥꾼이 천장을 올려다보며 말했다.

"살아 있는 음식을 먹으면 오감이 발달해. 감정뿐 아니라 세상의 모든 자극을 이전과 비교도 할 수 없을 정도로 생생히 느낄 수 있지. 온갖 것들이 파도처럼 밀려올 거야. 안 그래?"

오늘따라 유독 소리가 잘 들리고 냄새에 예민해진 이유가 그 음식을 먹었기 때문이었을까? 그제야 나는 종일 이상한 기분이 든 이유를 알 수 있었다. 몸이 안 좋은 줄로만 알았는데.

"다른 생명을 먹는 건 복잡한 일이야. 나는 아무리 먹어도 전처럼 감각이 살아나지 않아. 너는 처음일 테니 뭐든 생생하게 반응하는 거고. 감각을 눌러두고 살아가는 너 같은 인간에겐 더욱 크게 느껴질 거야."

사냥꾼의 말이 끝나자마자 주방문이 덜커덕 열렸다.

"이게 무슨 냄새야?"

초가 주방으로 들어오고 있었다. 사냥꾼을 발견한 초의 얼굴에 두려움이 가득했다. 초는 주방에 들어오지 못한 채 나를 바라보고만 있었다. 설명을 구하는 눈빛이었다.

사냥꾼이 턱을 쓰다듬다가 초를 바라보며 나지막이 물었다.

"우리, 만난 적 있었나?"

초는 아무 말도 하지 못했다. 다행이라고 해야 할까? 오늘도 약재 냄새 때문에 초가 그림자인 것을 눈치 채지 못한 모양이었다. 사냥꾼이 초를 향해 가까이 다가섰다.

"이왕 온 거, 너도 도와줘."

초의 얼굴이 새파래지더니 몸을 한껏 움츠렸다. 그리고 마지못해 고개를 끄덕였다.

✳

사냥꾼은 뒷짐 지고 앞서 걸어갔다. 일부러 인적 드문 곳만

골라서 다니는 것 같았다. 잼이 든 무거운 냄비를 들고 다니는
건 초의 몫이었다. 초가 움직일 때마다 냄비 뚜껑이 덜컹대며
요란한 소리가 났다.

"여기."

호텔 복도 끝에서 사냥꾼이 멈춰 섰다. 그러곤 나를 돌아보
며 잼을 놓는 위치를 지정해줬다.

"여기에 바르라고."

신경질적인 사냥꾼의 목소리에 초가 냄비를 바닥에 내려놓
았다. 쿵! 그 충격에 냄비 뚜껑이 바닥으로 떨어지며 새콤한
향이 확 퍼졌다. 나는 국자로 잼을 퍼서 바닥에 뿌렸다.

"지금 이게 뭐 하는 거예요?"

초의 물음에도 사냥꾼은 대꾸 없이 또다시 앞서 걸어갈 뿐
이었다. 초는 불만스럽다는 듯 끙끙대며 냄비를 다시 들었다.

"우리가 이걸 왜 돕고 있는 건데?"

"나중에 말해줄게."

나는 이렇게 속삭이고는 냄비를 같이 들었다.

사냥꾼은 호텔 곳곳을 돌아다니며 여기, 라고 짧은 한마디
를 반복해서 뱉어냈다. 그때마다 나는 바닥에 잼을 뿌렸다. 냄
비가 점차 가벼워졌다. 잼이 거의 남지 않았을 때쯤 사냥꾼이
203호로 들어갔다. 아직 예약이 없는 빈 객실이었다.

방 안에서도 사냥꾼은 똑같이 말했다.

"더 없어? 넓게 펴 발라야 해."

마지막 남은 잼까지 싹싹 긁어 전부 바닥에 펴바르자, 사냥꾼이 방을 나가버렸다. 우리는 빈 냄비를 내려놓고 사냥꾼을 뒤따라갔다.

사냥꾼이 호텔 로비에 있는 푹신한 소파에 기대앉으며 말했다.

"오래 걸리진 않을 거야. 너희도 앉아 있어."

"뭘 기다리는데요?"

"사냥감."

더 이상의 질문은 귀찮다는 듯 사냥꾼이 눈을 감았다. 양 손바닥을 소파 팔걸이에 올린 채로. 사냥꾼의 표정을 보아하니 무언가에 집중하는 것 같았다. 아주 작은 소리에도 사냥꾼의 눈썹이 꿈틀거렸다. 온몸의 감각을 집중해서 형체가 없는 무언가를 쫓고 있는 듯했다.

밤의 시간은 더디게 흘렀다. 나는 사냥꾼의 맞은편에 앉아 사냥꾼의 모습을 마냥 지켜봤다. 내 시선에도 아랑곳하지 않고 사냥꾼은 계속 가만히 눈을 감고 있었다. 내가 그 앞에 앉아 있다는 사실도 완전히 잊은 것처럼.

그때 적막 속에서 그 소리가 들려왔다. 낯선 무언가의 걸음소리.

쿵. 쿵. 쿵.

"들려?"

사냥꾼이 번뜩 눈을 떴다. 그러곤 곧장 일어나 소리가 들리는 쪽을 향해 빠르게 걸어갔다. 불길한 예감이 들었다. 사냥꾼이 말한 사냥감이 무언지 직감적으로 느껴졌다. 그 예감이 틀리기를 간절히 바라며 사냥꾼을 따라 203호로 들어갔다.

　방 안에 역한 피비린내가 진동했다. 문 앞에서부터 핏자국이 이어졌고, 그 끝에는 몸을 가누지 못하는 형체가 방바닥에 쓰러져 있었다. 그림자였다. 땅바닥에 새까만 그림자가 불룩 튀어나와 있었다. 초가 그림자로 잠시 변했을 때처럼. 헌데 저 그림자는 얼굴에 눈코입이 없었다. 매끈한 얼굴에 희미한 입술 자국만 있었다.

　그림자의 온몸에 진득한 잼이 엉겨 붙어 있었다. 마치 거미줄에 사로잡힌 것처럼. 그림자는 괴로움에 몸부림쳤다. 하지만 몸부림을 치면 칠수록 잼이 몸을 더 단단히 붙드는지 신음 소리를 점점 더 크게 냈다. 그림자는 괴성을 지르듯 갑자기 푹 꺼졌다 다시 튀어나왔다.

　사냥꾼이 능숙한 손길로 그림자를 향해 붉은 실을 던졌다. 그리고 온 힘을 다해 몇 번이고 그 실을 내리쳤다. 그림자의 몸은 붉은 실로 얼기설기 뒤엉켰고, 그 아래로 진득한 액체가 흘렀다. 피였다. 검붉은 피가 바닥을 축축하게 적셨다.

　"제발 그만하세요. 그만하시라고요!"

　내 애원에도 상관없이 사냥꾼은 붉은 실을 잡아당겼다. 그림자가 바닥을 뒹굴며 더 많은 피를 쏟아냈다.

"꼭 이렇게까지…….”

초가 간신히 말을 내뱉었다.

"같은 그림자라고 걱정해주는 거야?"

사냥꾼은 미소를 띠며 물었다. 초의 눈동자에 두려운 빛이
스쳤다.

"나도 깜빡 속을 뻔했어. 그림자인데도 네게서 생명이 느껴
지더라고. 그런데 가만히 관찰해보니 알겠더라? 너, 약초 가
까이에 있었지? 너한테서 약초 향이랑 꽃향기가 나.”

어깨를 잔뜩 움츠린 초가 내 손목을 꼭 잡았다.

"걱정 마. 나는 의뢰받은 사냥만 하니까. 아무나 잡진 않아.
아직은…….”

얼마간 정적이 흘렀다. 사냥꾼은 다시 붉은 실에 묶인 그림
자를 쳐다봤다. 그러더니 꼼꼼하게 매듭을 지었다. 몸부림치
는 그림자의 반동이 차차 줄어들었다.

"이제 어떻게 되는 거예요?"

"나는 모르지. 의뢰인의 마음이니까. 궁금하지도 않고.”

그림자가 피를 토해내더니, 더는 움직이지 않은 채 가만히
늘어져 있었다.

그 처참한 모습에서 나는 시선을 뗄 수 없었다. 그때 사냥꾼
이 나를 바라보았다.

"이건 네가 원한 정보.”

사냥꾼이 갈색 봉투를 내밀었다.

"돌아가. 나는 이제 마무리해야겠어."

"마무리요? 어떻게요?"

나는 봉투를 받지 못할 만큼 온몸이 부들부들 떨렸다. 그림자를 보았다. 얼굴이 미세하게 움직이고 있었다. 그림자는 눈코입이 없었지만 마치 나를 보는 것 같았다.

"네가 알아서 뭐 하게?"

사냥꾼은 황당한 표정을 지었다.

"그림자 상점이 어디에 있는지 알려주지 않으셔도 돼요. 그러니까 그림자를 그냥 놓아주시면……"

사냥꾼은 나를 문밖으로 강제로 끌고 갔다. 나는 그의 완력에 어쩔 수 없이 끌려나갈 수밖에 없었다.

"이제 와서 무슨 소리야? 사냥을 돕겠다고 한 사람은 너였어."

"그치만……"

나는 사냥꾼을 올려다보며 힘겹게 말을 이었다.

"없던 일로 하고 싶어요."

"하."

사냥꾼은 코웃음을 쳤다.

"설마 양심의 가책이라도 느끼는 거야? 그래봤자 그림자일 뿐인데."

그 말에 초가 반응했다. 초는 모욕적인 말이라도 들은 듯 주먹을 꼭 쥐고 있었다.

사냥꾼이 억지로 내 손에 봉투를 쥐어주면서 말했다.

"그거, 버리든 말든 네 마음대로 해."

봉투를 건네받은 손이 덜덜 떨렸다.

"돌아가. 다시 오면 그때는 네 친구를 사냥할 거야."

나는 더 이상 아무 말도 할 수 없었다. 초가 내 뒤로 몸을 숨겼다. 등 뒤에서 초가 바들바들 떨고 있는 게 느껴졌다.

갑자기 속이 메스꺼웠다. 욱. 나는 손으로 입을 막고 헛구역질을 했다.

"속이 더부룩하겠지. 부작용이 있는지도 모르고 먹으란다고 살아 있는 걸 그리도 잘 먹더니."

사냥꾼은 이 한마디 말을 남기고 방 안으로 들어가버렸다.

7. 도망

어지러워. 몸이 타들어 가는 것 같다. 눈꺼풀이 무거워서 눈을 뜨는 것조차 쉽지 않다. 아, 뜨거운 이마에 차가운 무언가가 닿았다. 간신히 눈을 뜨자 흐릿한 형체가 보였다. 나는 이불을 쭈욱 아래로 밀어내고 일어나려 했다.

"일어나지 마."

해우의 목소리다. 그제야 해우의 얼굴이 차츰 눈에 들어왔다.

"네가 아프다고 초가 많이 걱정하더라. 열이 많이 나. 사장님께 얘기해둘 테니까 오늘은 푹 쉬어."

"……고마워."

간신히 대답을 하고 나는 다시 잠에 빠져들었다.

얼마의 시간이 지났을까. 다시 눈을 떴을 때, 해우는 여전히 내 옆을 지키고 있었다. 해우가 걱정스러운 눈빛으로 날 바라봤다.

"괜찮아? 악몽을 꾸는 것 같던데."

나는 손목을 매만졌다. 꿈속에서 그림자가 붉은 실에 묶여 피를 철철 흘리고 있었다. 나는 안간힘을 다해 붉은 실을 끊으려고 노력했다. 얼마나 힘을 꽉 주었던지 꿈에서 깨도 손목이 계속 저렸다.

"저기…… 혹시 어제 주방에서 수상한 사람 못 봤어?"

수상한 사람? 나는 해우를 올려다보았다.

"약재가 사라졌대. 지금 주방에 난리가 났어. 약재에 대해 잘 아는 사람이 훔쳐간 것 같다는데? 호텔에는 주방장 말고는 약재를 아는 사람이 없으니까."

내가 사냥꾼을 도왔다. 그 대가로 봉투를 받았고. 아직 그 봉투를 열어보지 못했다. 아니, 도저히 열어볼 엄두가 나지 않았다.

"가끔 약재가 한두 개씩 없어지기도 하는데, 이번에는 특정한 효능이 있는 약재만 정확하게 골라갔나 봐. 빼간 양도 상당하고. 자세히 말해주진 않았지만 상황이 심각한 것 같아."

상황이 심각하다는 말에 심란했다. 해우에게 어디서부터 어떻게 설명해야 할까. 입이 좀처럼 떨어지지 않았다. 하지만 해우에게는 솔직해지고 싶었다.

"사냥꾼이 그랬어."

"사냥꾼?"

"응. 어젯밤에 사냥꾼이 와서……."

고통스런 기억이 떠올라 차마 말을 이을 수가 없었다.

"역시 그랬구나."

"역시? 설마 너…… 알고 있었던 거야?"

해우가 고개를 끄덕였다.

"사실 그동안 달 호텔에 대해 조사해왔어. 밤마다 사장님이 무언가를 사냥한다는 소문이 돌았거든."

해우가 목소리를 낮추더니 내 귓가에 속삭였다.

"사장님이 사냥꾼을 부른 거야."

"사장님이? 어째서?"

등골이 오싹해질 만큼 두려움이 앞섰다. 그래도 해우를 위해서 힘을 내고 싶었다.

"내가 널 돕고 싶어."

그러자 해우가 고개를 가로저었다.

"괜찮아. 너, 아프잖아. 지금은 쉬어야 해. 내가 알아볼게."

해우는 이불을 부드럽게 끌어올려 주었다. 나는 해우가 방을 나갈 때까지 잠든 척 눈을 감고 있다가, 해우가 나간 후에야 슬며시 다시 눈을 떴다.

사장님이 사냥꾼을 불렀다고? 밤마다 그림자를 사냥한다는 그 소문은 진짜였던 거야? 어쩌면 초가 그림자라는 걸 알고 있을지도 몰랐다. 아니, 분명히 알고 있었다.

내가 스위트룸에 갔을 때 초가 그림자로 변해 따라왔던 게 기억났다.

"사장님이 널 너무 걱정하더라고. 나한테 따라가보라고 그랬어."

어젯밤, 초가 분명 그렇게 말했다. 사장님은 다 알고 나서 내게 일할 것을 제안했을지도 모른다. 초에게 가야 했다. 지금 당장!

나는 바닥을 짚고 겨우 일어섰다. 거울 속 내 모습은 정말 아파 보였다. 입술은 핏기 하나 없이 허옇고 뺨은 쏙 들어가 있었다. 땀에 젖은 옷이 축축했다. 어젯밤 몸부림치던 그림자의 모습이 겹쳐 보이는 것 같았다.

방을 나와 주변을 살피며 조심스럽게 걸었다. 혹여 사장님을 마주칠까 봐. 사장님의 얼굴이 떠올랐다. 속을 감추는 것만 같은 그 미소가. 또다시 머리가 깨질 것같이 아파왔다. 잠시 벽에 기대어 숨을 고르는데 소리가 들리기 시작했다.

쿵. 쿵. 쿵.

왜지? 왜 이 소리가 다시 들리는 거지?

쿵. 쿵. 쿵.

머리가 지끈거렸다. 이럴 리 없잖아. 어제 분명 사냥꾼이…….

쿵. 쿵. 쿵.

복도 끝 쪽에서 소리가 나고 있었다. 불규칙하게 울리는 소리를 따라 걸어가다 보니 어느새 사장실 앞에 있었다. 나는 열린 문틈으로 사장님 방을 엿보았다. 사장님은 없고 초가 화분에 물을 주고 있었다.

"초······."

"열이 많이 나던데. 더 쉬지 여긴 왜 왔어?"

초가 퉁명스럽게 물었다.

"······넌 안 들려?"

"뭐가?"

"그림자 소리 말야."

나는 이마를 짚으며 대답했다. 머리가 지끈거렸다. 시간이 갈수록 어지럼증이 점점 더 심해졌다.

"아, 어젯밤 네가 직접 사냥한 그 그림자 말하는 거야?"

"나한테 화났어?"

"화났냐고?"

초가 나를 쏘아보더니 말을 이었다.

"그럼 한번 말해봐. 어떻게 사냥꾼과 손을 잡을 수 있었는지. 만약 사냥꾼이 나를 사냥한다고 해도 같은 선택을 할 거야?"

초의 물음에 아무 말도 할 수가 없었다. 내가 사냥꾼을 도운 건 사실이니까. 물론 몰랐던 일이었지만.

"사냥꾼이 유나를 봤다고 그랬어. 그래서······."

"유나를 봤다고? 그래서? 난 안 궁금해. 더는 신경 쓰고 싶지 않아."

초가 고개를 휙 돌리더니 아무 일도 없었다는 듯 마른 수건으로 화초 잎을 닦았다.

쿵쿵. 쿵쿵. 쿵쿵.

이전보다 더 빠르게 소리가 들려왔다. 마치 여기 있다고, 제발 좀 봐달라고 애원하는 것처럼. 소리는 사장실 안쪽에서 나고 있었다. 나는 그 소리를 따라갔다.

"왜 그래?"

옷장 앞에 선 내게 초가 물었다. 나는 양손으로 옷장 손잡이를 매만졌다. 확실했다. 숨을 크게 들이마신 후 옷장 문을 활짝 열었다.

찾았다. 듬성듬성 걸린 옷 아래로 그림자가 보였다. 옷장 바닥에 몸을 웅크리고 있던 그림자는 천천히 고개를 들어 나를 올려다보았다.

어젯밤 사냥꾼이 줄로 옭아맨 그대로였다. 그림자의 몸에 마른 피가 덕지덕지 묻어 있었다. 나는 이마를 찡그렸다.

"어떻게 여기에······."

내 곁으로 다가온 초가 놀란 듯 두 눈이 휘둥그레졌다. 나는 그림자를 향해 손을 뻗었다. 그 순간 몸이 휘청거렸다. 그림자가 두 겹, 아니 세 겹으로 겹쳐져 보였다. 중심을 잡기 위해 내디딘 발에 힘을 실었다. 그럼에도 몸이 자꾸 한쪽으로 기울어졌다.

나는 그림자를 풀어줘야겠다고 생각했다.

"얼른 도망가······."

그 순간 나는 정신을 잃고 말았다.

*

쿵.

소리는 꿈처럼 아득히 들렸다. 나는 눈을 떴다. 옆에서 꾸벅꾸벅 졸고 있던 초가 내 기척에 얼른 일어나 눈을 비볐다.

"깼어?"

초 옆에 누군가 앉아 있었다. 나는 눈을 크게 치켜떴다. 분명 그림자였다. 사냥꾼이 잡으려던 그 그림자.

"어떻게 된 거야??"

"기억 안 나? 잼잼이가 옷장에 숨어 있었잖아. 풀어주니까 도망가지도 않고 너부터 챙기던데? 얘 아니었으면 널 방으로 데려오지도 못했어."

"잼잼?"

"응! 내가 지어줬어. 계속 그림자라고 부르기도 뭐하고, 얘만 보면 잼이 생각나기도 해서."

사냥할 때 이용한 잼을 이름으로 지어주다니⋯⋯ 정말 초다웠다. 옆에 앉은 그림자가 연신 고개를 끄덕였다. 마치 그이름이 마음에 쏙 든다는 듯이.

나를 내려다보는 잼잼을 향해 힘겹게 말했다.

"미⋯⋯ 미안해. 얼른 도망가. 여기 있으면 또 붙잡힐 거야."

잼잼은 고개를 가로저었다.

"이렇게 숨어 있다간 또 붙잡힌다니까."

초가 잼잼과 나를 번갈아 보았다.

"주인에게서 떨어진 지 얼마 안 돼서 아직 말을 하진 못 해. 보통 1년은 지나야 사람의 형상이 되고 말도 할 수도 있거든. 대신에 그림자들끼리는 감정을 공유할 수 있지."

잼잼의 몸에 남은 흉터가 눈에 들어왔다. 붉게 변한 상처 부위가 굉장히 아파 보였다.

"잠깐만."

나는 무거운 몸을 일으켜 옆에 있던 서랍을 열었다.

"여기에서 연고를 본 것 같은데…… 아, 여기 있네."

나는 연고를 꺼내 잼잼의 흉터에 발라주었다. 치이익. 하지만 연고가 검은 살결에 닿은 순간 그대로 녹아 흘러내렸다.

"왜 그래?"

"이상해."

초는 심각한 얼굴로 상처를 들여다보았다.

"그림자의 몸은 사람과 달라. 특수한 약을 써야 해."

잼잼이는 상처 부위를 부여잡고는 고통스러운 듯 바닥을 뒹굴었다. 기포가 생긴 상처에서 피가 뿜어져 나오고 있었다. 당황한 나는 얼른 휴지로 상처를 지혈해주었지만, 피는 쉽게 멈추지 않았다.

초가 주머니에서 푸른 잎사귀 한 장을 꺼내 잼잼의 상처 부위에 올려놨다. 노란색 점이 가득한 연둣빛 잎사귀였다.

"그게 뭐야?"

초가 어깨를 으쓱하며 대답했다.

"사장님 방에서 키우는 식물 이파리야. 지혈에 좋다고 하신 게 기억나서 슬쩍 꺾어왔지."

잎사귀에서 싱그러운 풀냄새가 났다. 효과가 있는지 어느새 잼잼의 상처에서 흐르던 피가 멈추었다. 그제야 잼잼의 몸이 눈에 들어왔다. 몸에 새겨진 흉터들은 처참했다. 초가 잼잼의 상처를 가만히 들여다보더니 심각한 표정을 지었다.

"상태가 안 좋아."

"많이 안 좋아?"

내 물음에 초는 깊은 한숨을 내쉬었다.

"상처 부위가 점점 더 커질 거야."

초는 잼잼의 상처에 덧댄 나뭇잎을 뗐다. 깊게 움푹 파인 흉터에 피가 고여 있었다.

"사장실에서 일하다가 거기에 있는 약재들이 궁금해서 살짝 맛보려고 했는데, 사장님께 딱 걸린 적이 있었어. 그때 사장님께 얼마나 혼이 났는지 몰라. 약재들을 잘못 배합하면 몸에 독이 된다고 하더라. 내 멋대로 약재들을 섞어 먹었다가는 목숨을 잃을 수도 있다고 하던데? 나, 죽다 살아났어. 그러니까 나 있을 때 잘해. 응?"

"뭐? 그걸 왜 이제 말해!"

그걸 다 알면서 내게 아무런 말도 하지 않았다니. 초에게 화가 났다.

"그때는 사냥꾼이 너무 무서워서……. 게다가 잼잼을 잡으려는지도 몰랐고."

초가 내게 조용히 물었다.

"그런데 왜 잼잼이가 사장실 옷장 안에 갇혀 있던 거야?"

"사장님이 사냥꾼을 부른 거였어."

"뭐?"

내 말에 놀란 듯 초의 얼굴이 새파래졌다.

"달 호텔을 떠나야 해. 여긴 안전하지 않아. 사냥꾼이 다시 너를 잡으러 올 거야. 너도 같이 가자."

잼잼이가 고개를 갸우뚱했다. "어디로?"라고 되묻는 거 같았다.

"그림자 상점에 가면 너도 치료받을 수 있을 거야. 그림자들을 고쳐주는 곳이니까."

잼잼이가 고개를 끄덕였다. 나를 믿어주는 걸까. 어제 사냥꾼을 도왔는데도.

사냥꾼에게 받은 봉투는 손도 대지 않은 채 그대로 탁자 위에 놓여 있었다. 저 봉투 안에 그림자 상점으로 가는 길이 적혀 있겠지. 떨리는 마음으로 봉투를 열었다. 봉투 안에는 핑크색 종이 한 장이 들어 있었다. 손바닥보다 작은 그 종이를 뚫어져라 봤지만, 거기엔 아무것도 적혀 있지 않았다.

"뭐야? 설마 사기 친 거야, 우리한테?"

초가 종이를 획 가져가더니 앞뒷면을 번갈아 살펴보았다.

나는 망연자실한 얼굴로 초를 바라보았다. 초는 신경질이 난다는 듯 종이를 구겨 바닥에 던져버렸다.

"순 사기꾼이잖아!"

사냥꾼이 정말 나를 속인 걸까? 너무 분해서 치가 떨렸다. 그때 잼잼이가 구겨진 종이를 주워 손바닥으로 쭉 폈다. 그러곤 자신의 양 손바닥 사이에 두고 꾹 눌렀다. 검은색 살결이 종이 위에 물감처럼 찍혔다.

초가 아, 하고 탄성을 뱉었다.

"그림자 세계에서 통하는 수법이야. 인간이 읽을 수 없도록 만든 장치인데, 이런 게 숨겨져 있으면 말을 해줘야 알 거 아냐, 이 사기꾼!"

잠시 후, 종이에 글자가 하나씩 떠올랐다. 초가 종이를 보며 글자를 읽었다.

"겨울성행 편도 승차권. 보름달이 잠에서 깨어나기 전날 밤 자정."

잼잼이가 승차권을 내게 내밀었다. 나는 승차권을 받아 들고 다시 한번 시간을 확인했다. 보름달이 잠에서 깨어나기 전날 밤이라고? 그때 초가 고개를 들며 외쳤다.

"오늘 밤 열두 시야!"

초의 말에 나는 시간을 확인했다. 자정까지 한 시간도 채 남지 않았다.

"그러니까 그림자 상점에 가려면 케이블카를 타고 겨울성

이라는 곳으로 가면 된다는 말이지? 근데 그 케이블카는 고장
난 거 같았는데?"

초가 뭔가 이상하다는 눈초리로 날 바라봤다. 이 섬에 처음
도착했을 때 마주한 케이블카 승차장이 떠올랐다. 그래, 그곳
엔 아무것도 없었지…….

"일단 케이블카 탑승 입구까지 가보자. 운영을 안 하면 케이
블카 줄을 따라서 걸어야지 뭐."

"그 산을 걸어 올라간다고? 하, 난 싫어."

초는 회의적인 표정을 지었다. 낡은 케이블카는 운영을 멈
춘 지 오래였고, 케이블카 줄이 연결된 맞은편 산 정상이 아득
하게 느껴졌다. 나도 이 사실을 모르지 않았지만 달리 생각나
는 방법이 없었다.

"다른 방법 있어? 가보기라도 하자."

내 말에 초가 얼굴을 찡그리더니 이내 수긍한 듯 한숨을 푹
내쉬며 짐을 챙겼다. 초코바와 떡, 과자까지 배낭 안에 넣으며
오히려 우리를 채근했다.

"서두르지 않고 뭐 해?"

"안 무거워? 메고 갈 수 있겠어?"

"배고프면 멀리 못 가. 너는 몸도 안 좋으면서 굶으려고?"

나는 할아버지가 주신 상자와 탑승권부터 가방에 챙겨 넣
었다.

"준비됐어?"

초는 비장한 표정으로 고개를 끄덕였다.

늦은 시간이라 다행히도 호텔 복도에는 사람이 없었다. 로비에서 들려오는 시침 소리만이 적막을 가를 뿐이다. 우리는 수시로 주변을 확인하며 걸었다.

이마에서 땀이 흘러내렸다. 아픈 티를 내고 싶지 않았지만 여전히 몸이 좋지 않았다. 머리가 어지럽고 가슴이 답답했다. 나는 주먹으로 가슴을 조용히 두드렸다.

잼잼이는 괜찮을까. 나는 걸음을 멈추고 뒤를 돌아보았다. 잼잼이가 사라졌다는 사실을 사냥꾼이 벌써 알아챘을까 봐 걱정스러웠다. 되도록 빨리 호텔을 벗어나야 했다. 그때 발자국 소리가 들려왔다. 터벅터벅. 나는 벽에 몸을 한껏 붙인 채 주위를 살펴보았다. 발자국 소리가 점점 커졌다. 이쪽으로 오고 있어. 누…… 누구지? 긴장감에 목이 타들어갔다.

"여리?"

나를 발견한 해우의 눈동자가 커졌다.

"아…….."

뭐라고 설명해야 할까. 해우의 시선이 내 뒤에 숨은 잼잼을 향했다. 해우의 얼굴에 물음표와 느낌표가 동시에 떠올랐다. 처음 보는 해우의 표정이었다. 당황한 것 같으면서도 기다렸다는 얼굴.

"해우야…….."

내가 말을 잇기도 전에 해우는 빠르게 상황을 파악한 것 같았다. 잠시 눈빛이 흔들리다가 나를 또렷이 바라보며 말했다.

"어서 뒷문으로 가. 지금은 아무도 없을 거야. 그리고……."

나는 황급히 말을 끊고 해우의 팔을 잡아끌었다.

"너도 함께 가자."

멀리서 해우를 부르는 사장님의 목소리가 들려왔다. 해우가 내 팔을 부드럽게 풀더니 손을 잡았다.

"내가 시간을 끌어볼게. 빨리 뒷문으로 나가."

해우를 초조하게 바라보는데, 해우가 말을 덧붙였다.

"나는 지금 갈 수 없어."

"하지만……."

해우가 고개를 돌리며 나를 밀어냈다.

"시간이 없어. 제발."

우리는 뒤돌아서 해우가 말한 뒷문을 향해 뛰었다. 해우와 사장님의 목소리가 멀리서 흐릿하게 들려왔다.

직원들만 사용하는 뒷문으로 나가자 호텔 뒤뜰이 나왔다. 수풀 사이로 난 좁은 길이 보였다. 잼잼이가 까치발을 한 채 주변을 살피며 앞서 걸었다. 호텔에서 일하는 나도 아직 안 가본 길인데, 잼잼이는 어떻게 알고 있는 거지? 호텔 뒤뜰은 이 섬에 처음 왔을 때 해우가 내게 조용히 해달라고 부탁한 장소이기도 했다. 조금 전 해우의 얼굴이 계속 생각났다. 잼잼이를 보고도 놀라지 않았다. 사장님이 잼잼이를 잡았다는 것도 알고 있을까. 스위트룸의 남자가 사냥꾼이었다는 것도.

"도망 다닌 경험이 있어서 그런가? 길을 잘 찾네."

앞서 걸어가는 잼잼이를 보며 초가 속삭였다.

호텔을 완전히 벗어나자마자 몸이 휘청하더니 앞으로 쏠렸다. 나는 담벼락에 기대어 숨을 골랐다. 얹힌 것처럼 가슴이 답답했다. 통증이 다시 시작되었다. 잼잼이가 물끄러미 내 얼굴을 보더니 나를 등지고 무릎을 꿇었다.

"업히라는 거야?"

잼잼이가 고개를 끄덕였다.

"괜찮아."

하지만 잼잼이는 일어서지 않았다. 내가 업히지 않으면 한 걸음도 움직이지 않겠다는 듯이. 풋. 그 모습에 그만 웃음이 났다. 상처투성인 몸으로 날 업어준다니. 다행히 피는 멈추었지만, 몸에 남은 흉터는 여전히 아파 보였다.

잼잼이가 뒤돌아 나를 빤히 쳐다보았다.

"고마워. 힘들면 얘기해줘."

잼잼이에게 업히는 순간 빠르게 무언가가 나를 휙 스쳐 지나갔다. 팍! 날카로운 화살이 나무에 꽂혀 있었다. 나는 고개를 돌려 반대편을 바라보았다.

호텔 창문에서 화살을 들고 있는 사냥꾼이 보였다. 멀리 있는데도 사냥꾼의 냉혈한 기운이 생생하게 느껴졌다. 사냥꾼 옆에는 사장님이 있었다. 사장님이 나를 지켜보고 있었다. 나도 모르게 몸이 잔뜩 움츠러들었다.

잼잼이가 나를 업은 두 손에 힘을 주더니 아주 빠르게 뛰어가기 시작했다. 한시라도 빨리 이곳을 벗어나야 해. 사냥꾼이 따라올 것 같아서 마음이 급해졌다. 나는 입술을 꽉 깨물고 뒤를 돌아보았다. 활기차 보였던 마을은 깊은 잠에 빠진 듯 어둠 속에 가려져 더는 보이지 않았다.

가파른 산을 오르면서도 한 번도 쉬지 않았던 잼잼이가 어느새 멈춰 서 있었다. 눈을 떠보니 섬에 도착했을 때 처음 마을을 본 장소였다. 나는 잼잼의 등에서 내렸다. 두 발이 땅에 닿자 다시금 휘청했다. 초가 내 손을 꼭 잡아주지 않았다면 고꾸라졌을지도 모른다.

산 아래쪽에서 불빛이 점차 빠른 속도로 가까워오고 있었다. 사장님과 사냥꾼이었다. 등에 식은땀이 흘렀다. 내색하지 않으려고 했지만, 손이 덜덜덜 떨렸다.

나는 주변을 둘러보았다. 어쩐 일인지 케이블카 하나가 보였다.

"이거, 없지 않았어?"

초가 꿈인지 생시인지 모르겠다는 얼굴로 케이블카 가까이 다가갔다. 한눈에 보아도 오래돼 보이는 케이블카에 흰 눈이 소복이 내려앉아 있었다. 여름인 이곳과 다르게, 케이블카는 겨울 속에서 날아온 것 같았다.

케이블카 문고리를 당겼다. 찬 기운을 뿜어내며 덜커덩 소리가 날 뿐 문은 좀체 열리지 않았다. 또 한 번 화살이 머리카락을 스쳐 케이블카에 꽂혔다.

"으악!"

초가 주저앉으며 비명을 질렀다. 급한 마음에 나는 케이블카 문을 세차게 흔들어댔다. 하지만 여전히 문은 열리지 않았다. 그때 잼잼이가 내 손에 있던 승차권을 갖고 가더니 케이블카 앞에 섰다. 그러고는 케이블카 문에 난 길쭉한 구멍에 표를 집어넣었다. 지이잉. 표가 빨려 들어가면서 기계음이 들렸다.

철컥. 자물쇠가 풀리더니 끼이익 케이블카 문이 열렸다. 케이블카 외부에 달린 연둣빛 조명이 깜빡거리다가 환해졌다. 우리는 누가 먼저랄 것도 없이 허겁지겁 케이블카에 몸을 실었다. 셋의 체중을 견디기 어려운 듯 케이블카가 한쪽으로 쏠리며 흔들렸다. 잼잼이가 초와 나까지 탄 것을 확인한 뒤 문을 닫았다. 다시금 철컥 소리가 나더니 기계음이 들렸다.

타다다다다다.

케이블카가 천천히 올라가기 시작했다. 케이블카 승차장에 서 있는 사냥꾼과 사장님의 모습이 보였다. 사냥꾼이 또 한 번 활을 들었다. 우리는 창문 아래로 몸을 숨겼다.

쨍그랑! 케이블카의 유리창이 산산조각 났다. 화살은 유리창을 관통해 천장에 꽂혔다. 유리 파편이 사방으로 퍼졌다. 초가 온몸을 사시나무 떨듯 부르르 떨며 내 어깨를 부여잡았다.

타다다다다다.

케이블카가 점점 더 빠르게 이동했다. 순식간에 꽤 멀리까지 왔는지 사장님과 사냥꾼이 작게 보였다.

뚫린 창문으로 바람이 불어왔다. 겨울의 냄새가 났다. 겨울 바람이 어디서 불어오는 거지? 창문을 보니 가장자리가 하얗게 얼어붙어 있었다.

창밖은 온통 까맸다. 마치 아무것도 보이지 않는 깜깜한 나의 미래 같았다.

"떨어지진 않겠지?"

창밖으로 얼굴을 내밀며 초가 불안한 표정을 지었다.

나는 딱딱한 의자에 몸을 완전히 기대앉았다. 시시때때로 두통과 흉통은 찾아왔고 온몸의 감각이 살아 움직였다. 사냥꾼이 말한 부작용이란 이런 거겠지. 언제까지 지속되는 걸까. 사냥꾼을 도운 대가라고 생각하니 쓴웃음이 나왔다.

잼잼이가 나를 물끄러미 바라보고 있었다.

"미안해. 많이 아프지?"

내 말에 잼잼이가 나에게 더 가까이 다가와서는 내 손을 꼭 잡아주었다.

쿵. 쿵. 쿵.

여전히 들린다. 이전보다 희미하지만 분명한 그 소리가······.

심장 박동 소리였구나. 자세를 고쳐 앉으며 나는 그림자를 똑바로 마주 보았다. 그림자의 가슴 언저리가 일정한 속도로 미세하게 튀어나왔다 다시 사그라들었다. 내가 누군가의 심장 박동 소리를 이토록 생생히 들어본 적이 있었나. 기분이 이상했다.

내가 뭘 사냥하냐고 물었을 때, 사냥꾼은 죽어 있는 것들을 사냥한다고 대답했다. 분명 죽어 있는 거라고 했다.

"왜 너를 죽어 있다고 했을까."

나는 잼잼이의 가슴에 손을 살짝 가져다 댔다. 쿵쿵. 심장박동이 손끝에 전달되었다.

"……이렇게 살아 있는데."

순간 길쭉하고 까만 잼잼이의 얼굴에 눈코입의 윤곽이 얼핏 드러났다가 사그라들었다. 찰나였지만 푹 파인 눈매와 굴곡진 콧대를 가지고 있었다.

"애 말이야, 어디서 본 것 같지 않아?"

잼잼의 얼굴을 뚫어져라 쳐다보던 초가 내게 물었다.

"난 잘 모르겠는데."

초는 고개를 갸웃거리며 잼잼이의 모습을 빤히 쳐다보았다. 어쩐지 잼잼이에게서 익숙한 느낌이 들었다.

"분명히 아는 얼굴인 것 같은데…… 으악!"

끼익 소리와 함께 케이블카가 갑자기 멈춰 섰다. 초의 몸이 앞으로 쏠렸다. 나도 앞으로 고꾸라져서 잼잼이에게 푹 안겨 있는 꼴이 되었다. 도착지까지의 거리가 조금 남아 있는 시점이었다. 숲에서 들려오는 바람 소리가 서늘하게 느껴지더니 케이블카가 더 세게 흔들렸다.

"뭐야, 이거? 왜 멈추는 거지?"

초가 불안한 얼굴로 창밖을 내다보았다. 작은 눈송이 하나가 날아와 뺨에 닿았다. 창밖에는 눈이 내리고 있었다. 꽃잎처럼 처연히 떨어지는 눈송이들이 달빛을 받아 하얗게 빛났다.

"한여름에 웬 눈이야?"

초가 황홀감에 잠겨 있었다. 아름다워. 초도 나와 같은 생각을 하고 있겠지. 나는 메고 있던 가방을 꽉 쥐었다.

덜컹. 케이블카가 앞쪽으로 기울더니 빠른 속도로 땅을 향해 내려갔다. 이대로라면 땅에 곤두박질칠 것 같았다.

"으아아악!"

너무 무서워 다 같이 소리를 질렀다. 쾅! 예상대로 케이블카는 땅에 거세게 부딪치며 멈춰 섰다.

"아⋯⋯."

허리에 통증이 느껴져 신음 소리가 절로 나왔다. 초가 문을 박차고 나갔다. 초를 따라 나도 기어가듯 밖으로 나왔다. 잼잼이까지 내리자 케이블카는 할아버지의 쉰 목소리 같은 소리를 내며 빠르게 되돌아갔다. 점점 멀어지는 케이블카를 바라보는데, "와" 하는 감탄 소리가 들렸다. 무슨 일이지? 뒤돌아보니 나 역시 감탄사가 절로 나왔다.

"와아."

내 눈앞에 절경이 펼쳐져 있었다. 숲이 새하얀 눈으로 뒤덮여 마치 눈의 요정이 나올 것만 같았다. 겨울바람이 고요히 불어와 숲으로 돌아갔다. 바람결에 자꾸만 머리카락이 휘날렸다.

그 순간 숲속에서 작은 빛이 아른거렸다. 미약하지만 분명히 그 빛이 우리를 끌어당기고 있었다. 우리는 빛을 향해 조금씩 나아갔다. 그러자 어느새 우리는 숲 한가운데에 들어와 있었다. 깜깜한 숲속에 파묻혀 걸어갈 때, 연두색 조명이 반짝 빛났다. 흐릿하지만 그 빛이 오솔길을 밝혀주고 있었다. 우리는 손을 잡고 앞으로 걸어갔다. 희미한 그 빛을 따라가다 보면 분명 그림자 상점이 나올 것 같은 기분 좋은 예감이 들었다.

땅에 소복이 쌓인 눈을 타박타박 밟으며 한참을 걸었다. 주변에는 아무것도 보이지 않았다. 그러던 어느 순간 연둣빛 조명이 사라지고 새하얀 눈 위로 적막과 바람만이 광활하게 펼쳐졌다. 그곳에는 아무것도 없었다. 살을 파고드는 바람에 온몸이 덜덜 떨렸다.

바람의 방향이 차츰 바뀌더니 나무에 쌓여 있던 눈송이들이 다시 하늘로 올라갔다. 마치 시간이 거꾸로 가는 것처럼. 앞이 보이지 않을 만큼 바람이 더욱 거세졌다. 우리는 서로의 손을 더 꽉 붙들었다.

소용돌이 바람이 한차례 불고 안개가 걷히며 성이 나타났다. 이곳이 겨울성인가? 그 이름에 걸맞게 새하얀 성 외관은 소금을 빚어 만든 것처럼 반짝거렸다. 뾰족한 지붕과 수많은 창문, 거대한 크기에 압도당해 아무 말도 나오지 않았다.

초가 정적을 깨고 말했다.

"여기, 좀 으스스한데?"

우리는 높이 솟은 커다란 문을 힘겹게 열었다. 성안에 들어섰는데도 입김이 허옇게 나올 정도로 서늘했다. 콜록콜록 기침이 나왔다.

쾅! 문이 닫히는 소리에 놀라 뒤를 돌아보니, 문 전체가 커다란 거울이었다. 은색의 테두리에 눈의 결정체가 새겨진, 서늘한 빛을 띠는 거울. 그 거울 속에 내가 있었다. 깜깜한 어둠속에 갇힌 내 모습이 쓸쓸하고 외롭게 느껴졌다. 나는 그대로 뒷걸음질 치며 성안 깊숙이 들어갔다.

"여리야! 어디로 가는 거야!"

초가 나를 불렀다.

뛰다 보니 우리는 로비로 보이는 곳에 서 있었다. 어스름한 등불 아래 대형 소파가 덩그러니 놓여 있었다. 거기에 누군가 앉아 책을 읽고 있었다. 그런데 가까이 다가갈수록 왠지 익숙한 기분이 들었다.

"저기."

내 기척에 여자가 고개를 들었다. 그녀와 눈이 마주친 순간, 나는 얼음처럼 굳어버렸다.

"……사장님?"

그럴 리가 없었다. 사장님은 분명 사냥꾼과 산 아래에…….

"오랜만에 인간 아이가 왔구나."

선선한 목소리와 우아한 태도. 사장님의 입가에 온화한 미소가 떠올랐다.

8. 겨울성

"사장님이 어떻게……."

초가 말을 잇지 못하고 그녀를 멍하니 바라봤다. 아니, 사장
님이 아니다. 만약 이전의 나라면 분명 사장님이라고 생각했
을 것이다. 하지만 약재를 먹고 나서 감각이 예민해져 있는 지
금, 난 느낄 수 있다. 이 사람이 사장님이 아니라는 걸. 그녀의
전체적인 분위기, 향기, 표정과 말투까지. 전부 사장님과 비슷
하지만 미세하게 달랐다.

"내 주인을 아는가 보구나."

주인이라고? 여자를 바라보았다.

"인간 아이 하나와 그림자 둘. 재밌는 조합이야. 그림자들은
먼저 방으로 가 있을래? 나는 이 아이와 이야기를 나눠야 할
것 같아."

여자의 품에서 꿈틀거리던 무언가가 날아올랐다. 그것은 하늘로 치솟더니 곧 되돌아와 초 앞에 멈췄다. 노란색 나비 모양의 고리가 달린 열쇠였다. 평소답지 않게 초는 긴장한 듯 굳은 표정으로 손을 내밀었다. 그러자 마치 주인에게 순종하는 것처럼 나비 모양 고리에서 열쇠가 분리되어 얌전히 초의 손에 툭 떨어졌다. 나비는 앞으로 훨훨 날아갔다. 초와 잼잼을 안내해주려는 듯이.

초가 나를 응시했다. 나만 두고 가는 게 마음에 걸렸는지 한참 동안 나를 바라봤다. 하지만 여자의 말을 거스를 용기도 없는 듯 곧 나비를 따라 앞으로 나아갔다.

여자는 나를 성안으로 인도했다. 우리는 끝이 보이지 않는 긴 복도를 걸어갔다. 그녀가 지나갈 때마다 벽에 달린 등이 번쩍 켜졌다. 갑자기 서늘한 바람이 불어왔다. 복도 끝에서 눈이 내리고 있었다. 여자가 손을 내밀자 갑자기 내리던 눈이 그쳤다.

"이 성은 1년 내내 겨울이란다. 시시때때로 눈이 내리지. 얼마나 여기에 있을지는 모르겠지만 항상 따뜻하게 입고 있으렴."

눈 위를 걷는 그녀의 구두 소리가 또각또각 성안에 울려 퍼졌다. 나는 그녀를 뒤따라 걸으며 찬찬히 그녀의 뒷모습을 눈에 담았다. 사뿐한 걸음걸이와 곧게 편 등, 큰 키까지. 정말 사장님을 꼭 닮았다고 생각하면서.

여자가 아치형으로 된 문 앞에 멈춰 섰다. 형형색색의 문양이 아로새겨진 문을 열면서 그녀가 물었다.

"차 좋아하니?"

"네."

"다행이구나."

방 안에 들어서자마자 씁쓸한 향이, 곧이어 먼지 냄새가 몰려왔다. 코끝이 간지러워 연거푸 재채기를 했다.

"손님 맞는 방인데, 한동안 청소를 안 했더니 좀 지저분하구나. 인간 손님이 오는 경우는 희귀해서……."

우리는 상아색 천으로 덮인 테이블을 사이에 두고 마주 앉았다. 여자가 테이블 위에 놓인 크리스털 상자를 열었다. 둥그런 상자 안에 작고 투명한 종이들이 쌓여 있었다.

똑똑. 때마침 노크 소리와 함께 붉은 머리의 여자가 들어왔다. 그 여자는 쟁반에 담긴 물 주전자를 테이블 위에 올려놓은 뒤에 조용히 방을 빠져나갔다.

"쯧쯧. 어쩌다 살아 있는 것을 잘못 먹은 거지? 부작용이 심한 것 같구나."

여자가 내 얼굴을 빤히 들여다보더니 딱하다는 표정을 지었다. 그녀는 도자기로 만들어진 찻잔에 뜨거운 물을 따라놓고는, 그 안에 투명한 종이를 퐁당 담갔다. 스르륵 종이가 녹으며 순식간에 물이 보랏빛으로 변했다. 솜사탕이 떠오르는 달콤한 향이 코끝을 찔렀다.

"꿈꾸는 차란다. 행복했던 순간으로 돌아갈 수 있지. 어서 마셔보렴. 당장 부작용을 없애줄 수는 없지만 조금은 나아질 거란다."

여자가 찻잔을 내 쪽으로 밀었다. 찻잔에서 김이 모락모락 피어올랐다. 나는 후후 입김을 불면서 차를 한 모금 마셨다. 향긋한 냄새가 입안에 퍼지며 기분이 좋아졌다. 하지만 그녀에 대한 경계심은 풀어지지 않았다.

"너, 내가 누구인지 알고 있니? 네가 아는 사장이라는 사람은 내 주인이야. 나는 그녀의 그림자이고."

내가 그녀의 눈치를 살펴며 물었다.

"달 호텔 사장님의 그림자라고요?"

"그래. 성주라고 해."

"성주……."

그녀에게서 시선을 뗄 수 없었다. 사장님의 그림자라니!

"어떻게……."

궁금한 게 많았지만 어떤 말부터 꺼내야 할지 몰랐다. 그녀가 달 호텔 사장님의 그림자라고 한 순간, 마치 사장님의 비밀 서랍을 엿보는 것 같은 기분이 들었다.

"내 주인을 알고 있는 사람을 만나는 건 오랜만이야. 잘 지내고 있지? 가끔 생각나. 보고 싶기도 하고."

쓸쓸한 목소리였다. 직접 만나러 가도 될 텐데……. 물론 이유가 있겠지만. 내 마음을 읽은 듯이 성주가 덧붙여 말했다.

"이제는 만날 수 없어."

"왜요?"

별 뜻 없이 한 질문인데, 내가 그녀의 아픈 기억을 건드린 것 같았다. 찻잔을 부드럽게 감싼 그녀의 손에서 머뭇거림이 느껴졌다.

성주가 눈을 내리깔고 조용히 말했다.

"……그림자 세계에도 규칙과 질서가 있단다. 그 첫 번째가 그림자나 주인이 서로를 끊어내지 않는 거야. 그걸 깨면 서로에게서 분리된 후 이 섬으로 불려오게 되지. 우연을 가장한 필연으로. 그래서 이 섬에 사는 사람들에게는 그림자가 없는 거란다. 그런데…… 내 경우는 조금 달라. 주인과 나는 타인의 그림자에게 영향을 주었지."

타인의 그림자……? 사람이 타인의 그림자에게까지 영향을 줄 수 있다는 건 처음 알았다. 그동안 나는 내 그림자에만 주목했지 다른 사람의 것까지 살펴볼 여유가 없었으니까.

"이번엔 이 차를 한번 마셔볼래?"

성주는 또 다른 찻잔에 투명한 종이를 담가 내게 건넸다. 이번에는 붉은빛이 도는 차였다. 나는 잔을 들어 차를 음미했다. 따뜻한 차를 한 모금 마시니 온몸이 뜨거워졌다. 어디선가 기분 좋은 바람이 불어왔다. 그러자 금세 눈꺼풀이 내려와 잠에 빠져들었다.

교실 안에 교복을 입은 중학생들이 보였다. 여기가 어디지? 분명 성주님과 이야기를 하고 있었는데…….

"저기, 머리 질끈 묶은 아이 보여?"

"아, 깜짝이야!"

성주가 내 옆에 서서 빙긋 웃고 있었다.

"저 아이가 내 주인이야. 현지."

현지는 완벽한 학생이었다. 학교에서는 1등을 도맡아 했고, 또래보다 눈치가 빨랐으며 어른스러웠다. 그런 그녀를 선생님들은 특별히 예뻐했고, 반 아이들도 무슨 문제가 생기면 자연스럽게 그녀부터 찾았다. 현지는 자신이 남들에게 어떻게 보이는지 잘 알고 있었다.

현지가 자신의 그림자를 물끄러미 내려다보며 말했다.

"마음에 안 들어."

현지의 그림자는 남들과 달랐다. 그림자에 희미하게 무늬가 새겨져 있었는데, 햇빛이 나면 그 무늬가 적나라하게 보였다. 그녀는 그림자를 숨기기 위해 매번 그늘을 찾아 다녔다.

현지가 정말 못마땅하다는 얼굴로 그림자를 보며 중얼거렸다.

"지긋지긋해, 전부 다."

언제부터였을까. 타인에게 어떻게 보일지 계산하고 억지로 웃어주기 시작한 것이. 남들의 시선에 그녀는 지나칠 정도로 예민했다. 완벽해지고 싶어서. 그래서 남들과 다른 그림자를 발견할 때면 도저히 견딜 수가 없었던 거다.

현지의 그림자에 새겨진 무늬는 날이 갈수록 선명해졌다. 그녀가 자신의 그림자를 미워할수록 그림자도 변해갔다. 무늬진 자신의 모습이 싫어서 스스로를 학대했다.

어느 날 현지가 학교 복도를 걸어가고 있을 때였다. 맞은편에 그녀와 전교 1, 2등을 다투던 학생이 걸어오고 있었다. 현지는 그 아이와 스치면서 몸의 중심을 잃고 넘어질 뻔했다. 순간 그녀는 똑똑히 보고 말았다. 그녀의 그림자, 그러니까 성주가 그 학생의 그림자를 때리고 있는 모습을. 현지는 빈 복도에 덩그러니 서서 자신의 그림자를 한참 동안 내려다보았다. 그토록 자신이 싫어하던 그림자를.

완벽해지고 싶다는 마음이 강해질수록, 그리고 그림자를 미워하는 마음이 커질수록 현지의 그림자는 타인의 그림자에게 폭력을 가했다. 그때부터 현지는 경쟁자를 만날 때면 고개를 숙였다. 자신의 그림자가 경쟁자의 그림자를 밟는 것을 보기 위해서.

그 일은 현지에게 그저 작은 일탈에 불과했다. 언제나 완벽해 보여야 하는 일상에서 숨통이 트이는 탈출구. 그렇게 남들의 그림자를 은밀히 괴롭히는 일상이 계속되었다. 괴롭힘을 당하면서도 알지 못하는 학생들의 얼굴을 볼 때면 묘한 성취감마저 들었다.

2학기가 시작되며 전학을 온 학생이 있었다. 전학생은 얼굴이 예뻐서 반 아이들의 관심을 한눈에 받았다. 현지는 인기를 독차지하는 전학생이 마음에 들지 않았다. 그러던 어느 날 교실에 들어오다가 사물함에 기대고 있는 전학생을 발견하고는 일부러 가까이 다가갔다.

늘 그렇듯 현지의 그림자가 전학생의 그림자를 툭 밟았다. 그 동작을 눈치 챈 사람은 그녀뿐인 듯했다. 그런데 전학생의 시선이 바닥을 향하고 있었다.

전학생이 현지에게 속삭였다.

"이제 그만해."

그 후로 그녀는 전학생을 더 자주 힐끔거렸다. 그러자 전에는 알지 못했던 것들이 보이기 시작했다.

전학생은 햇빛 아래에 설 때마다 자신의 그림자를 내려다보았다. 학교 교정을 걸을 때, 체육 시간에 운동을 할 때, 태양빛이 내리쬘 때도 전학생은 습관처럼 그림자에서 나오는 아름다운 빛을 흐뭇하게 바라보고 있었다. 전학생의 그림자는 겉보기엔 평범했지만, 햇빛 아래만 서면 은은한 연보랏빛이 났다. 전학생의 그림자는 다른 그림자와 겹쳐질 때 더욱 빛났다. 연보랏빛이 서서히 다른 그림자들에게 퍼져서 다른 그림자까지 빛나게 만들었다. 마치 자신의 것을 마음껏 나누어주는 키다리아저씨처럼.

사건은 동해안으로 수학여행을 갔던 날에 벌어졌다. 현지가 배정받은 방에 전학생이 끼어 있었다. 반 아이들은 늦게까지 잠을 자지 않고 강당에 모여 놀았다. 단, 전학생만이 유일하게 일찍 자고 싶다면서 방으로 돌아갔다. 현지는 이 순간을 놓치지 않고 전학생을 따라 방으로 들어갔다.

현지는 가방을 정리하는 척하면서 전학생이 잠들기를 기다렸다. 잠시 후 전학생은 피곤했는지 금세 잠들어버렸다.

"네가 아끼는 그림자가 사라지면, 너는 대체 어떤 표정을 지을까?"

현지는 충동적으로 자신의 파우치에서 눈썹 칼을 꺼냈다. 그리고 전학생의 그림자를 오려내기 시작했다. 생각보다 쉽게 잘리지 않는 그림자는 질긴 고기 같았다. 현지는 포기하지 않고 끝까지 전학생의 그림자를 끊어냈다.

다음 날 아침, 전학생은 평소와 다르게 허둥댔다. 무언가를 찾는 듯 주변을 두리번거렸다. 무슨 일이 있냐고 친구들이 물었지만, 들릴 듯 말 듯한 목소리로 "아무 일도 아니야"라고 대답할 뿐이었다. 현지는 당황해하는 전학생의 모습에 희열감을 느꼈다.

아침을 먹자마자 전학생이 현지를 불러냈다.

"어디 있어?"

"뭐가?"

현지는 모르는 척 시치미를 뗐다.

"내 그림자 어디 있냐고!"

"무슨 소린지 모르겠는데?"

"네가 가져갔잖아."

전학생이 현지를 담벼락에 바짝 밀어붙이며 몰아세웠다. 햇살이 내리쬐고 있었다. 현지의 그림자가 담쟁이 위로 흐물거렸다. 하지만 전학생의 그림자는 어디에도 없었다.

"네 그림자가…… 사라졌구나? 그러게, 간수를 잘하지 그랬어."

"뭐라고?"

전학생은 부르르 떨더니 한 손을 치켜들었다. 그 순간 현지의 눈앞에 번개가 내리치듯 번쩍였다. 그녀가 얼얼해진 뺨을 손으로 매만지며 전학생을 바라보았다. 전학생이 붉어진 눈으로 그녀를 노려보고 있었다.

"알았어. 알려줄게."

현지의 말에 전학생의 눈동자가 반짝 빛났다.

"바다에 던져버렸어."

현지는 또 한 번 거짓말을 했다. 전학생의 눈동자가 커졌다가 다시 수그러들었다. 숨소리조차 들리지 않는 불편한 침묵이 잠시 이어지더니 전학생이 휙 뒤돌아 걸어갔다.

현지는 한동안 제자리에 서서 전학생이 떠난 자리를 바라보았다. 전학생의 그림자는 현지의 가방 안에 들어 있었다. 하루. 딱 하루만 있다가 돌려줘야겠다고 생각했을 뿐이다.

학교로 돌아가기 위해 버스에 탑승할 때까지도 전학생은 돌아오지 않았다. 현지는 자신의 가방을 열었다. 당연히 있을 거라고 생각했던 전학생의 그림자는 이미 도망가고 없었다. 허탈한 마음으로 창밖을 바라보는데 전학생의 소식이 들려왔다. 지나가던 행인이 바다에 빠진 전학생을 구조했는데 안타깝게도 생명을 건지지 못했다는 것이다.

눈을 떠보니 다시 현실로 돌아와 있었다. 여전히 눈꺼풀이 무겁고 나른했다. 눈을 비비는데 성주가 찻잔을 들고 미소 짓고 있었다.

"그 후로 한 번도 보지 못했어."

성주의 투명한 눈동자에 눈물인지 모를 것이 아른거렸다.

완벽해 보이는 사장님에게 이런 과거가 숨겨져 있을 거라고는 상상도 하지 못했다. 어떻게 이 큰 아픔을 감추고 살았을까. 매번 아무렇지 않은 듯 웃고 있었지만, 실은 그 아이를 향한 죄책감을 품고 살았던 것이다.

"전학생과 그림자를 떨어뜨린 벌로 우리 역시 떨어져 살게 됐어. 주인은 마을에서, 나는 숲에서. 한 섬에 있지만 다시는 만날 수 없게 된 거야."

"만약 성주님이 주인을 만나면 어떻게 돼요?"

"어느 한쪽이 사라지게 돼."

성주의 목소리가 마른 낙엽처럼 금방이라도 바스러질 듯이 갈라져 나왔다. 성주가 차를 한 모금 마시더니 다시 온화한 얼굴로 돌아와 있었다. 완벽하고 흠이 없는, 사장님과 똑같은 그 얼굴로.

"이제 네 이야기를 해보겠니?"

"제 이야기요?"

"어쩌다 그림자 둘과 여기까지 왔는지 말야. 그것도 하나는 몸에 상처를 입은 채로."

나는 머뭇거리다 그동안 있었던 일들에 대해 이야기했다. 달 호텔 사장님이 사냥꾼을 부르고, 우리가 이곳으로 도망치게 된 이야기까지.

"아, 그 사냥꾼?"

"사냥꾼을 알고 있어요?"

성주의 눈꺼풀이 미세하게 떨렸다.

"내 주인은 전학생의 그림자를 찾고 있는 거야. 이제 전학생은 세상에 없지만, 전학생의 그림자라도 사람으로 만들어주고 싶어서. 언젠가부터 주인은 그림자들을 내게 보내주기 시작했어. 조금은 과격한 방식으로 잡아서 문제이긴 하지만 말야."

잠시 그녀가 나를 지긋이 바라보더니 말을 이었다.

"걱정하지 마. 내 주인은 이곳에 오지 못해. 사냥꾼도. 여긴 나의 영역이니까."

성주의 말에 안심이 되었다.

"저…… 이곳에 오면 그림자도 온전히 사람이 될 수 있나요?"

"네 그림자가 걱정되니? 주인에게서 떨어져 나간 그림자들은 사람의 형상으로 변하지만 오래가지 못해. 점차 희미해지다가 결국 소멸하고 말지. 이곳에서는 단지 죽음의 시간을 미뤄주는 것뿐이야."

"어떻게 미뤄준다는 거죠?"

"보름달이 뜨는 날마다 축제를 벌여. 거창한 건 아니고, 함께 살아 있는 음식을 먹고 마시며 힘을 얻는 거지. 그래서 매달 달 호텔에서 약재를 받아와 음식을 만들어. 그 효과가 한 달도 채 못 가지만."

죽어가는 그림자들을 위해 축제를 여는 성이라니. 생을 향한 열망이 그림자들을 이곳까지 이르게 하는 것일 테다.

"몰랐어요. 저는 우연히 여기에⋯⋯."

성주가 풋 하고 웃었다.

"우연이라고 생각하니? 나는 너를 기다리고 있었어. 네가 네 그림자와 분리된 그 순간부터 말이야."

운명. 길목 분식 할아버지도 같은 말을 했다. 운명이 나를 이끌어줄 거라고.

"이곳에 오는 인간은 별로 없어. 평생 그림자 때문에 괴로워하거나 그림자 없는 삶에 만족하면서 살지."

나는 섬에 있던 사람들을 떠올렸다. 그림자의 존재를 잊은 채 살아가는 그 사람들을.

"너는 여기까지 왔구나."

그녀의 목소리에서 회한과 안도가 동시에 느껴졌다. 성주가 이루어질 수 없는 꿈이라는 듯이 슬픈 눈으로 말했다.

"내 주인도 오면 좋으련만."

9. 축제

기분 좋은 꿈을 꾸었다.

할머니와 내가 풀밭 위에 앉아 있었다. 할머니는 돗자리 위에 싸가지고 온 음식들을 펼쳐놓았다. 쌀밥과 나물, 계란말이, 장조림, 소시지 같은 것들이 먹음직스럽게 보였다.

나는 밥을 먹기 전에 윗옷을 벗고 러닝만 걸친 채 계곡으로 들어갔다. 첨벙. 물이 차가웠다. 잠수를 하고 수면 위로 올라오자 어깨선까지 오는 찰랑이는 머리카락이 뺨에 다닥다닥 달라붙었다.

물에 비친 내 얼굴을 물끄러미 들여다보았다. 투명한 얼굴에 황금빛 햇살이 일렁였다. 내게 꼭 달라붙은 세 개의 그림자도 물속에서 반짝였다. 나는 그림자들을 잡기 위해 손을 뻗었다. 그 순간 내 몸이 붕 떠올랐다.

아빠가 나를 양손으로 들어 올렸다. 내 뺨이 아빠의 어깨에 닿았다. 간지러웠다. 물이 후두둑 내 몸을 타고 아래로 흘렀다. 아빠가 나를 더욱 끌어당겨 올렸다. 물 위에 비친 햇살에 눈이 부셨다.

"아빠, 그림자가······."

나는 물 위에 비친 그림자를 잡으려고 손을 뻗었다.

"너무 아름다워."

내 속삭임에 아빠는 너털웃음을 지었다. 얼굴이 보이지 않았지만 아빠가 어떤 표정을 짓고 있는지 눈에 선했다.

높은 곳에서 바라보는 세상은 더 포근하게 느껴졌다. 아빠의 품 안이라 그런 걸까. 내 등을 쓰다듬는 아빠의 손길이 솜이불처럼 따뜻했다.

나비가 날아와 주변을 맴돌았다. 손을 뻗으면 닿을 거리였다. 날갯짓을 할 때마다 푸른빛과 은빛을 넘나드는 날개가 팔랑였다. 나비는 하늘 높이 날아올랐다. 구름 낀 하늘이 아빠가 입은 셔츠 색깔처럼 청명했다.

"야! 뭘 그렇게 비실비실 웃고 있어!"

퉁명한 목소리에 눈을 떴다.

"무슨 좋은 꿈 꿨어?"

초가 나를 내려다보고 있었다. 침대에서 몸을 일으키며 내가 물었다.

"내가 뭐라고 했는데?"

"잘 가라고."

초는 창가에 앉아 밖을 내다봤다. 창밖에서 불어온 바람에 초의 머리카락이 흩날렸다. 나와 닮아 있으면서도 낯선 초의 얼굴을 바라보자 어젯밤 성주와 나눈 대화가 떠올랐다.

그녀는 내가 이곳에 온 게 운명이라고 했다. 그 말이 계속 머릿속을 맴돌았다. 내 운명은 앞으로 나를 어디로 인도할까. 그곳이 그림자 상점이라면 좋겠다는 생각이 들었다.

초가 테이블 위에 놓인 바구니를 가리키며 말했다.

"일어나면 같이 먹으려고 기다렸어. 배고파. 빨리 먹자."

"저게 뭔데?"

"문밖에 있던데? 누가 가져다준 건지는 모르겠지만."

바구니 속에 메시지 카드가 들어 있었다.

축제 전까지 여유를 즐기길.
-성주

성주의 말대로라면 오늘 밤부터 축제가 시작된다고 했다. 날이 화창했지만 축제일 같지는 않았다. 줄곧 고요한 상태였기 때문이다. 마치 모두 잠들어버린 것처럼.

초의 성화에 못 이겨 바구니를 들여다보았다. 투박한 빵 몇 개와 딸기잼, 우유와 치즈, 버터, 디저트용 케이크가 들어 있었다. 세 명이 먹기에 충분한 양이었다.

꼬르륵. 잠을 푹 잔 덕분인지 배가 고팠다. 우리는 허겁지겁 아침을 먹었다. 버터와 잼을 듬뿍 바른 빵을 한 입 베어 물면 고소하고 달큼한 맛이 입안을 감돌았다.

"너무 맛있어!"

초의 턱 끝에서 흰 우유가 방울방울 흘러내렸다. 입가를 쓱 문지른 초가 음식을 채 삼키기도 전에 감탄사를 내뱉었다. 그 모습을 보며 잼잼이가 흐뭇하게 웃었다.

겨울성에 온 뒤 잼잼의 얼굴 윤곽이 한층 더 드러나 있었다. 얼마 지나지 않아 정말 사람의 모습으로 돌아갈 수 있을 것 같았다.

"어제 무슨 얘기 나눴어? 사장님이 왜 여기 계셔?"

손으로 빵을 뜯으며 초가 물었다. 갓 구운 빵에서 연기가 피어올랐다.

"사장님이 아니야."

"그럼 도대체 사장님을 닮은 그 사람은 누구야?"

"성주님."

초가 눈을 찌푸렸다. 잼잼도 포크질을 멈추고 나를 바라보았다. 둘 다 무얼 걱정하는지 알 수 있었다.

"걱정하지 않아도 돼. 사장님과 사냥꾼은 이곳에 올 수 없으니까."

내 말에 잼잼이가 의자에 몸을 푹 기대앉았다. 가까이에서 보니 잼잼이는 연한 갈색의 눈동자를 가지고 있었다.

초가 케이크를 한 입 떠먹으며 내게 물었다.

"우린 이제 어떡해? 그림자 상점은 어디서 찾지?"

"글쎄…… 우리가 찾을 수 있을까."

솔직히 확신이 없었다. 여기까지 온 것도 기적처럼 느껴졌다. 잼잼이 고개를 세차게 끄덕였다. 당연히 찾을 수 있다고 용기를 북돋아주는 것처럼.

잼잼은 왜 주인에게서 떨어졌을까. 잼잼의 주인이 끊어낸 걸까?

"잼잼, 네 주인은 어딨어?"

잼잼은 고개를 푹 숙였다. 우울한 기운이 퍼져 나왔다.

잼잼의 몸에 남아 있는 붉은 상처에 자꾸만 시선이 갔다. 아직도 아픈 건 아닐까. 잼잼을 치료하기 위해서라도 서둘러 그림자 상점을 찾아야겠다고 다짐하며, 나는 마지막 남은 케이크 조각을 입안에 쏙 넣었다.

✳

한낮인데도 성안은 어둡고 고요했다. 마치 성안에 나만 있는 듯 타박타박 내 발걸음 소리만 들렸다. 초와 잼잼은 성 반대편을 둘러보겠다고 해서 나 혼자 남겨진 상태였다. 얼음장 같은 새하얀 대리석에서 찬 기운이 올라와 더 쓸쓸하게 느껴졌다.

성안을 빙글빙글 돌다 보니 어느새 로비로 돌아와 있었다. 나는 창가에 서서 숲을 바라보았다. 서서히 해가 지면서 어둠이 깔리고, 보름달이 하얗게 떠올랐다. 그때 종이 세 번 울렸다. 땡. 땡. 땡. 잠들어 있는 모든 것을 깨우듯 맑은 소리가 울려 퍼졌다.

타악. 조명이 켜지고 순식간에 정원이 푸른빛으로 물들었다. 한차례 바람이 불자 무릎 언저리까지 올라오던 풀이 순식간에 정리되었다. 마치 누군가 마법을 부린 듯이.

나는 뒤를 돌아보았다. 조금 전까지 어둡기만 하던 성이 밝아지더니 성안에 사람들로 북적이고, 따뜻한 공기가 흘렀다.

"주방장님!"

나를 보지 못한 걸까? 사람들 사이를 헤집고 달려갔지만 주방장은 어느새 사라지고 없었다. 나는 달콤한 향기를 따라 계단을 내려갔다. 그곳에 연회장이 있었다.

나는 눈앞에 펼쳐진 광경에 입을 다물 수 없었다. 연회장에는 온갖 빛나는 것들로 채워져 있었다. 일자로 길게 늘어선 테이블에 탐스럽고 진귀한 음식들이 넘쳐났다. 노릇노릇 구워진 칠면조 고기와 말린 과일을 다져 만든 동그란 파이, 잼을 바른 스콘과 고소한 생선 튀김, 윤기가 흐르는 송편과 버터크림이 들어 있는 롤 케이크까지. 음식의 종류가 너무 많아 개수를 세기도 힘들 정도였다. 천장에는 샹들리에가 투명하게 빛나고, 테이블마다 놓인 유리 화병에는 보랏빛 꽃들이 꽂혀 기분 좋은 향기가 피어올랐다.

무엇보다 눈길을 잡아끄는 것은 허공에 떠 있는 커다란 케이크였다. 하얗게 빛나는 케이크가 눈처럼 부드럽고 폭신해 보였다. 케이크의 옆면에는 눈의 결정체가 정교하게 새겨져 있고, 루비처럼 빛나는 보석들로 촘촘하게 장식되어 있었다.

나는 연회장 안을 두리번거렸다. 축제를 즐기는 그림자들을 보니 마치 내가 마법 세계에 들어와 있는 것처럼 느껴졌다. 내 옆 테이블에는 달 호텔 주방장이 앉아 축배를 들고 있었다. 나는 그에게 다가갔다.

"저기……."

말을 끝내기도 전에 알아차릴 수 있었다. 주방장이 아니라는 것을. 주방장과 너무 닮았다. 다른 점이 있다면 머리카락이 조금 더 긴 것뿐. 주방장을 닮은 이 남자는 긴 머리를 뒤로 묶어 꽁지머리를 했다. 그래서인지 주방장보다 더 예민해 보였다.

"나를 알아?"

꽁지머리 남자가 물었다.

"정말 닮았거든요…… 제가 아는 사람이랑."

나는 그를 마주 보았다. 주방장의 그림자구나? 그가 반가우면서도 성주에게 들은 이야기가 떠올라 마음이 아팠다. 다음

한 달을 버티기 위한 음식을 먹어야만 한다는 것이.

"설마 내 주인을 만난 거야?"

"네."

내 대답에, 꽁지머리가 수저를 내려놓았다.

"혹시 만나고 싶진 않으세요? 거기가 어디냐면……."

"아니."

꽁지머리는 단칼에 거절했다.

"이제야 겨우 자유의 몸이 되었는데? 그림자가 꼭 주인에게 붙어 있으라는 법은 없잖아."

꽁지머리는 주먹을 쥔 손으로 테이블을 두드렸다. 주인의 얼굴을 떠올리는 것만으로도 기분이 언짢아 보였다.

"그 인간, 셰프로 있으면서 맨날 집에 들어가지도 않았다고. 자기 동생이 직장에서 어떤 대우를 받고 힘들어하는지 알지도 못하면서. 아니, 일부러 모른 체한 걸지도 모르지. 동생이 응급실에 실려가서 전화가 온 날조차 중요한 요리대회가 있다며 찾아가지도 않았어."

꽁지머리는 씩씩거리며 말을 이었다.

"참다못해 나는 대회 날 그 인간의 손목을 잠깐 잡고 있었지. 그랬더니 나를 끊어버린 거 있지? 하이고, 참말로. 대회 끝나고 나를 죽일 듯이 노려보던 그 눈빛이 아직도 생생해. 이렇게 분리되길 잘됐지 뭐. 다시는 그 인간 볼 일도 없고 말이야."

말을 끝낸 꽁지머리의 얼굴이 붉으락푸르락했다.

그때 어디선가 작은 빛이 날아와 꽁지머리의 접시 위에 앉았다. 잠깐, 팅커벨? 피터팬에 나오는 팅커벨처럼 조그만 요정이 비눗방울처럼 작고 동그란 빛 안에 들어 있었다. 요정은 은은하게 빛나는 푸른빛 원피스를 입고 있었는데, 요정이 움직일 때마다 투명한 날개가 흔들리며 빛이 반짝거렸다. 요정은 꽁지머리의 앞접시에 앙증맞은 초콜릿을 올려놓은 후 다시 날아갔다. 그러자 꽁지머리는 초콜릿을 입에 쏙 넣더니 기분이 좋아진 듯 해맑게 웃었다.

"그래도 아저씨 주인은 양반이에요. 내 주인은 또 어땠는지 아세요?"

옆에 앉아 있던 붉은 머리 여자가 말을 얹었다. 어젯밤 성주의 방에 따뜻한 물을 가져다준 여자였다. 그녀는 턱을 괴며 마음에 안 든다는 표정을 지었다.

"내 주인은 습관처럼 물건을 훔쳤어요. 특히 노점상만 노리는 악질이었죠. 노점상 주인이 잠깐 화장실이라도 가느라 자리를 비우면, 돈 통에 든 돈을 전부 주머니 속에 쑤셔 넣었는 걸요. 늙은 노인의 돈까지 훔칠 때는 도저히 봐줄 수가 없더라고요. 결국 제 스스로 주인을 끊어냈죠."

"잘 생각했어. 그런 주인에게 붙어 있을 바엔, 차라리 끊어내는 게 나아."

꽁지머리가 한 번에 잔을 비우며 말했다. 붉은 머리가 꽁지머리의 잔에 레드 와인을 따라주었다. 그때 요정이 다시 날아와 와인잔 끝에 한 발로 서더니 별 모양의 마법봉을 흔들었다. 와인잔에 반짝이는 가루가 톡톡 떨어졌다. 요정이 다시 한번 마법봉을 흔들었다. 그러자 와인잔에 회오리바람이 불듯 빙글 돌더니 투명한 화이트 와인으로 변했다. 요정은 춤을 추듯 우아하게 날아갔다.

"주인을 직접 고를 수 있으면 난 내 주인을 선택하지 않을 거예요. 걸핏하면 화풀이를 하고. 나를 좀 더 아껴주는 인간이면 좋을 텐데. 그런 인간이 있을지도 의문이지만."

"그렇게 당하고도 모르겠어? 미련 갖지 마. 주인 같은 건 필요 없어."

흥분했는지 꽁지머리의 목소리가 살짝 떨렸다.

"아니, 축제인데 아까부터 자꾸 진지한 이야기만 할래? 먹고 마시자고."

다크서클이 진하게 내려온 중년 남자가 내 앞으로 걸어왔다. 그는 테이블에 와인 세 병을 놓아두고는, 직접 한 잔씩 따라주었다.

"즐거워 보이시네요."

붉은 머리의 말에, 다크서클이 자리에 앉으며 대꾸했다.

"그럼, 즐거워야지. 술이 함께하는데."

다크서클은 입을 크게 벌리며 웃었다.

"저번 축제 때도 본 것 같은데. 그때도 술을 진탕 마시지 않왔어요?"

붉은 머리는 눈을 가늘게 뜨며 물었다. 아랑곳하지 않고 다크서클이 자신의 잔에도 와인을 가득 채웠다.

"아니, 그럼 인생에 술 말고 무슨 즐거움이 있어? 어차피 이성에 묶여 사는 인생, 취하기라도 해야지. 자, 건배!"

붉은 머리는 떨떠름한 얼굴로 잔을 부딪쳤다.

"주인 얘기를 하는 것 같던데 말이야. 나도 할 말이 있다고. 내 주인은……."

와인을 한 번에 비운 다크서클이 말을 이었다.

"내 주인은 심각한 알코올중독자였어. 하루가 멀다 하고 술을 마셔댔지. 정말 지긋지긋했어. 주인을 보면서 절대 나는 술을 마시지 않겠다고 다짐했는데…… 어쩔 수 없이 자꾸 마시게 되는걸."

다크서클의 손에 저절로 시선이 갔다. 굵고 두툼한 손이 잔을 꽉 쥐고 있었다.

"내가 인간이 되면 말이야…… 그때는 정말 술을 끊을 거야. 내 주인과 똑같이 살지 않을 거야."

다크서클은 또다시 와인을 따르더니 벌컥벌컥 마셨다. 그 모습을 본 붉은 머리가 와인병을 반대편으로 치우며 말했다.

"지금부터 끊는 게 어때요? 건강 다 버리기 싫으면."

"지금은 마셔야지. 축제잖아!"

다크서클이 호탕하게 웃었다. 요정이 빛을 뿌리며 날아와 마법봉을 흔들었다. 그러자 접시 위에 있는 고기가 더욱 붉은 빛을 띠었다. 나는 그 모습을 신기하게 바라보았다.

"요정을 처음 봐요?"

붉은 머리가 내게 물었다.

"요정이요?"

"그림자 레스토랑에서 일하는 요정들인데, 특별히 축제 때만 와서 도와주죠. 요정들의 손을 거치면 더욱 맛있어지니까요."

다시 보니 요정들이 연회장 곳곳을 바쁘게 날아다니고 있었다. 요정들의 손짓에 작은 빛들이 곳곳에 반짝였다.

나는 음식을 먹는 대신 꿈꾸는 차를 한 모금 마셨다. 따스한 기운이 몽실몽실 피어올랐다.

"안 먹어요? 요정들이 만든 음식은 특별한데……."

한 손에는 칠면조 다리를, 또 다른 손에는 와인을 든 붉은 머리가 내게 물었다. 노릇한 고기에서 기름이 자르르 흘러내렸다.

"아, 저는 배가 안 고파서요."

"맛이라도 봐요. 다음 축제까지 한 달을 기다려야 되는데."

붉은 머리가 고개를 갸웃거리며 의문스럽다는 표정을 지었다.

"자기를 닮은 사람을 봤는데……. 얼마 전까지 이 성에 있었던……."

"유나요?"

"그래, 유나!"

유나를 봤다고? 나는 깜짝 놀라 꽁지머리를 바라보았다.

"그 허무맹랑한 소리를 하던 아이를 말하는 거야? 그림자 상점인가 뭔가 하는 데를 찾아간다고 하더니만 어느새 사라져버린 그 애?"

고개를 절레절레 흔들며 꽁지머리가 대꾸했다.

"그림자 상점? 거기가 어디야?"

흥미롭다는 얼굴로 다크서클이 물었다. 붉은 머리가 상체를 숙이며 속삭였다.

"글쎄, 소문에는 이 성 어딘가에 그림자 상점이라는 데가 있대요. 거기에 가면 우리도 인간이 될 수 있다는 거죠."

"말도 안 돼. 그러면 여기 왜 이렇게 그림자들이 많겠어? 다들 사람이 돼서 나갔겠지."

다크서클이 잔을 한 번에 비우며 말했다.

"실제로 그림자 상점에 갔다는 그림자들이 있는걸요? 뭐, 그것도 소문일 뿐이지만……. 그런데 그곳의 주인은 누구를 맞이하는지에 따라 모습이 변한대요. 궁금하지 않아요?"

주인이 다르다고? 붉은 머리의 말이 솔깃했다. 그림자 상점. 오로지 그곳에 가기 위해 시작된 여정이었다. 처음 유나를 따라 출발할 때만 해도 이렇게 오래 걸릴 줄은 몰랐다.

나는 간절하게 붉은 머리를 바라보았다.

"성 어디쯤에 있는지, 혹시 짐작 가는 데 없으세요?"

"그걸 알면 내가 이러고 있겠어? 성주의 심부름까지 맡으면서."

붉은 머리가 고개를 절레절레 흔들며 와인을 들이켰다. 그림자 상점에 대한 힌트도 얻지 못하자 허탈했다. 그때 허공에 떠 있는 커다란 케이크가 천천히 조각났다. 그러자 케이크를 향해 요정들이 모여들더니 케이크 조각들을 하나씩 날랐다. 어느새 내 앞에도 새하얀 케이크 한 조각이 놓여 있었다. 요정이 새하얀 케이크 위에서 마법봉을 흔들었다. 그러자 하얀 케이크 위에 금빛 가루가 뿌려졌다. 주변을 둘러보니 그림자들은 모두 웃으며 케이크를 먹기 시작했다. 바쁘게 움직이는 요정들을 보고 있자니 이 밤이 끝날 때까지 축제는 계속될 것 같았다.

나는 먹지도 마시지도 않은 채 한참 동안 생각에 잠겼다. 그림자 상점은 도대체 성 어디에 있는 걸까. 이 많은 그림자들이 찾지 못할 깊은 곳에 은밀히 숨어 있는 걸까. 마음이 무거워진 나는 조용히 연회장을 빠져나왔다.

1층 복도를 걸어가는데 나란히 세워져 있는 빈 액자들이 눈에 들어왔다. 아니, 더 이상 비어 있지 않았다. 눈 깜짝할 사이에 성안의 다른 모든 것이 그러하듯 액자는 형형색색의 그림으로 채워져 있었다.

"저건…… 거울?"

나는 반짝이는 곳을 향해 다가갔다. 거울이 내 얼굴을 비춰주었다. 오랜만에 내 얼굴을 자세히 보게 되었다. 그래, 내가 이렇게 생겼었지. 때로 거울에 비친 나보다 초의 모습이 더 나 같다고 느낄 때가 있었다. 그런 생각을 하다 보니 나도 모르게 기분이 자꾸 처졌다. 헝클어진 머리카락을 잘 정돈하며 기분을 가라앉히려고 했다. 하지만 울적한 마음은 사라지지 않았다.

방으로 돌아가기 위해 발걸음을 돌렸다. 그런데 복도에 걸린 또 다른 거울에 내가 보였다. 나도 모르게 거울 앞에 멈춰 서 버렸다. 이리저리 움직이며 거울의 내 모습을 봤다. 그런데 거울에 비친 사람은 내가 아니었다. 초였다. 초가 내 행동을 똑같이 따라 했다.

나는 시선을 돌렸다. 옆에도 거울이 있었다. 심호흡을 한 후 조심스럽게 그 앞에 섰다. 이번엔 거울에 유나가 있었다. 마른 얼굴에 어깨선까지 내려오는 가늘고 검은 머리카락, 예민하고 냉철한 그 눈빛. 왠지 유나가 낯설게 느껴졌다. 나는 거울 속 유나에게 다가가 손을 내밀었다. 그러나 차디찬 거울의 촉감만이 느껴질 뿐이었다. 어디선가 꽃향기가 났다. 유나가 건네준 차와 똑같은 향이었다. 그래, 그 차를 마시고 깊은 잠에 빠졌었지. 유나는 그대로 도망가버리고.

거울 속 유나의 낯빛이 어두웠다. 그러고 보니 유나는 활짝 웃어준 적이 없었다. 언제나 속을 알 수 없게 감출 뿐. 그래, 네가 온전한 사람으로 살기 위해선 그림자가 필요했겠지. 그래서 내 그림자를 훔친 거고.

"어디 있니, 너는."

그때 눈송이 하나가 날아와 코끝에 닿았다. 고개를 들어 천장을 올려다보니 눈이 내리고 있었다. 나는 눈송이를 향해 손바닥을 폈다. 손바닥에 닿은 눈송이가 녹아 작은 물웅덩이를 만들었다.

"유나를 만나고 싶니?"

날카롭다 못해 서늘한 목소리. 고개를 돌려보니 복도 끝에서 성주가 나를 지켜보고 있었다. 성주가 눈을 맞으며 천천히 나에게 다가왔다.

무슨 말이라도 하고 싶었지만 선뜻 목소리가 나오지 않았다. 나는 거울에서 한 걸음 떨어졌다. 그러자 성주가 거울 안을 가만히 들여다보았다.

"나는 그곳으로 가는 길을 알고 있단다."

성주의 시선이 계속 거울을 향해 있었다. 푸른빛이 흐르는 거울, 거기에 비친 성주가 알 수 없는 미소를 짓고 있었다.

✳

"나는 거울을 좋아해. 거울을 보다 보면 내 모습이 낯설면서도 새롭게 느껴지거든."

나는 성주를 마주 보았다. 옥빛의 차가 들어 있는 잔에서 따스한 온기가 전해졌다. 성주가 내 안색을 살피며 말을 이었다.

"음식을 안 먹었나 보구나. 특별히 신경 써서 준비했는데."

"부작용이 심해질까 봐요."

살아 있는 음식을 먹은 부작용은 여전했다. 증상이 심해질까 봐 쉽게 음식에 손을 댈 수 없었다.

"인간이 살아 있는 음식을 먹기는 쉽지 않지. 하지만 곧 익숙해질 거란다."

정말 익숙해질 수 있을까. 감각들이 깨어 있는 게 이토록 낯설게 느껴지는데 말이다.

"어제보다 한 뼘 더 자랐구나."

성주의 시선이 내 뒤를 향했다.

"어쩜 그렇게 빨리 자라는지, 볼 때마다 깜짝깜짝 놀라."

성주의 시선을 따라 뒤를 돌아보았다. 나무줄기에서 파릇파릇한 싹이 자라 있는 화초가 보였다.

"그곳에서 얻어온 거란다. 매번 축제 때마다 조금씩."

"그림자 상점이요?"

"그래."

"그곳은 어디에 있어요?"

성주가 비밀스럽게 웃었다. 오래 기다려온 말을 들은 것처럼 어쩐지 후련한 얼굴이었다.

"너를 들여다보렴."

"저를요?"

성주가 손가락으로 나를 가리키며 말했다.

"네 그림자를 되찾으면…… 아껴주렴."

10. 계단

　방으로 돌아왔을 때 초와 잼잼은 보이지 않았다. 축제를 즐기고 있을지도 몰랐다. 모처럼 다른 그림자들과 대화를 나누며 살아 있는 음식을 먹고 있겠지. 성안의 그림자들이 그렇듯 초와 잼잼도 살아나겠구나. 투명해지던 초의 몸이 다시 완연한 사람의 모습이 되고, 잼잼도 더욱 분명한 사람의 상태로 변하겠지. 어쩌면 성에 남겠다고 할지도 모르겠다. 그렇게 생각하니 그들의 시간을 방해하고 싶지 않았다.

　나는 테이블 위에 쪽지를 남겼다.

　내 자신을 보면 그림자 상점으로 갈 수 있대!
　힌트는 거울이었어!
　모르겠으면 성주님께 물어봐!

나 먼저 가서 기다리고 있을게.

-여리

나는 할아버지에게 받은 상자를 가방 안에 넣고는 얼른 방을 나섰다.

"자신을 들여다보지 않는 자는 그곳에 갈 수 없단다."

수수께끼 같은 성주의 말에 나는 차만 홀짝였다. 설명을 더 해줄 거라고 기대했지만 성주는 아무런 말도 해주지 않았다.

처음 성에 도착했을 때처럼 나는 거울 앞에 섰다. 그리고 거울에 비친 내 모습을 물끄러미 바라보았다. 내 뒤로 고풍스러운 계단이 보였다. 나는 몇 번이나 뒤돌아 확인해봤지만 실제로 내 뒤에는 아무것도 없었다. 계단은 오로지 거울 속에만 존재하는 것 같았다.

이 문을 통해서 성 밖으로 나갈 수 있지만, 진짜 내 모습을 비춰주는 세계로 나아갈 수도 있었다. 스스로의 모습을 정직하게 비춰보지 않으면 들어갈 수 없는 거울의 문. 눈의 결정체가 새겨진 거울의 표면을 만져보았다. 손끝에 닿는 차가운 이질적인 느낌과 함께 손이 그대로 통과되었다.

아직 축제가 한창이라 복도 끝에서 웅성거리는 소리가 들려왔다. 나는 조심스럽게 거울 안으로 들어갔다. 찰랑. 맑은 유리구슬들이 부딪치는 소리가 들리더니 찬바람이 머리끝부터 발끝까지 나를 빠르게 훑고 지나갔다. 이전과 달라진 공기가 생경했다. 나는 뒤돌아 내가 들어온 세계를 바라보았다. 거울 밖은 물 안에 잠겨 있는 것처럼 흐릿했다.

다시 고개를 돌리자, 거울 밖에서 본 계단이 눈앞에 펼쳐졌다. 단단한 나무계단 양끝에 나비 모양으로 된 조각이 달려 있었다. 나는 끝도 없이 보이는 계단을 따라 올라갔다. 계단을 올라갈수록 처음 맡아보는 상쾌한 향이 더 짙어졌다.

그림자 상점은 어떻게 생겼을까. 그곳에 가면 평범한 그림자를 얻을 수 있을까. 유나를 만날 수 있을까? 여러 의문들이 머릿속에 피어올랐다. 얼른 계단을 올라가서 확인하고 싶었다.

한 계단씩 올라갈수록 계단의 너비는 점점 좁아졌다. 계단에 박힌 나비가 푸른색으로 변했다. 그 푸른색이 더욱 분명해질 때쯤 환한 빛이 비쳤다.

계단 끝에 이르자 탁 트인 초원이 펼쳐졌다. 캄캄한 밤하늘에 별들이 수두룩했다. 평화로운 기운이 땅에서부터 피어 올라왔다. 완전히 다른 세상에 온 것만 같았다. 잠시 그대로 선 채 나는 광활한 초원을 바라보았다.

사방이 어둑어둑했지만 나는 자연스럽게 발걸음을 옮겼다. 그림자 상점을 눈앞에 둔 지금, 더는 무섭거나 불안하지 않았다. 멀리서 하늘거리는 빛이 보였다. 나는 그 빛을 향해 걸었다. 그곳에 가까이 갈수록 점점 더 형체가 또렷하게 보였다.

"이곳이 그림자 상점인가?"

돌로 만들어진 작은 집이었다. 뿌연 창문에서 노란빛이 새어 나오고 있었다. 나는 문패도 없는 그곳에 다가가 노크를 했다.

잠시 후, 녹슨 문이 끼익 열렸다.

"……아빠."

"어서 오렴, 내 딸."

꿈에서조차 들을 수 없던 그 목소리. 아빠가 지그시 나를 내려다봤다. 나는 아빠와 눈을 마주쳤다. 분명 우리 아빠였다. 내가 이곳에 오는 걸 미리 알았던 것처럼, 아빠는 날 보고도 놀라지 않았다.

"들어오렴."

회색빛 돌을 쌓아 올린 내부는 작은 동굴 같았다. 문을 열고 들어가자마자 보이는 벽난로와 녹색 소파, 한쪽 벽면을 가득 채운 수납장, 기다란 나무 책상까지. 아담한 공간이었지만 가구와 물건들로 가득 채워져 있었다. 무엇보다 곳곳에 조명이 있어서 아늑하게 느껴졌다.

아빠는 난로 앞에 있는 소파로 나를 안내했다.

"춥진 않았니? 앉아서 좀 쉬렴. 여기가 따뜻할 거야."

아빠를 만난 게 믿기지 않았다. 그래서 다시 한번 그 이름을 불렀다.

"아빠."

아빠가 웃으며 말했다.

"그래, 난 네 아빠야. 그런데 나는 다른 사람의 원수가 될 수도 있고, 누군가의 아기가 될 수도 있어."

"무슨 뜻이에요?"

"네가 간절히 원하는 사람이라면 나는 그 누구라도 될 수 있단다."

아빠는 모든 걸 꿰뚫어 보는 것 같았다. 아빠와 마주하고 있는 그 짧은 순간, 이미 내가 겪어온 시간들을 전부 읽어 내려간 듯 슬픈 표정으로 나를 보았다.

부스럭부스럭. 어디선가 부스럭거리는 소리가 들렸다. 벽난로 옆에서 삐그덕 문이 열리더니 양손 가득 물건을 든 여자가 걸어 나왔다. 긴 머리카락에 가려 얼굴이 보이지 않았지만 익숙한 향기가 났다. 그녀가 여러 가지 재료가 담긴 상자를 책상에 올려놓으며 말했다.

"아저씨, 이거면 될까요?"

뭔가 이상한 기분을 느꼈는지 그녀가 갑자기 내 쪽을 향해 고개를 돌렸다.

"유나야."

"네가 어떻게 여기까지……."

유나의 얼굴이 창백해졌다. 마치 여기 있어서는 안 될 사람이라도 본 것처럼. 유나의 입술이 파르르 떨렸다.

"너희 둘이 대화가 필요한 것 같은데? 먼저 이야기를 나누고 있으렴. 나는 그동안 못다 한 수선을 마저 해야겠어."

아빠는 유나와 나를 번갈아 보더니 자리를 비켜주었다. 유나가 날 보며 말했다.

"앉아. 마실 것 좀 가져올게."

아빠가 금테 안경을 끼더니 책상 앞에 섰다. 길고 얇은 가죽을 책상 위에 펼치고 가위질을 하기 시작했다. 우리는 바라보지도 않고 오로지 수선을 하는 데에만 집중했다.

우리는 한동안 아무 말도 하지 않았다. 유나와 내가 간격을 두고 소파에 앉은 것처럼 우리 사이에도 거리가 생긴 것 같았다. 무슨 말을 꺼내야 할지 망설여졌다. 나는 시선을 내려 유나가 준 찻잔을 들여다보았다.

그 모습을 지켜보던 유나가 차갑게 말했다.

"걱정 마. 지난번처럼 약을 타진 않았으니까. 그래도 못 믿겠다면 나랑 바꿔 마셔도 돼."

"아냐. 미…… 믿어."

차를 한 모금 마셨다. 뜨거운 차를 호로록 마셨더니 기침이 나왔다. 나는 다시 찻잔을 내려놓았다. 유나는 아무런 동요 없이 콜록대는 나를 지켜보았다. 목에서 쓰라림이 사그라질 때쯤 유나가 뾰로통한 얼굴로 말했다.

"나는 2년에 걸쳐 겨우 이곳에 왔는데, 너는 한 번에 왔구나."

"……."

내가 아무런 대꾸도 하지 않자, 유나가 답답하다는 듯이 말을 이었다.

"이렇게 된 거 서로 솔직해지자. 더 숨길 것도 없으니."

떳떳하게 행동하는 유나의 태도에 당황스러웠다. 유나가 내 그림자를 훔친 게 아니라, 오히려 내가 그림자를 훔친 것 같은 기분이 들었다.

"좋아. 그런데…… 왜 그랬어?"

유나는 내 질문을 단번에 이해한 듯했다.

"내가 온전한 사람이 되기 위해선 그림자가 필요했어."

"그래서 훔쳐간 거야, 내 그림자를?"

"어차피 너는 그림자를 싫어하는 건 물론이고 네 자신도 좋아하지 않았잖아. 차라리 내가 온전한 사람이 되어 네 그림자를 포용해주는 게 낫다고 생각했어."

유나의 말을 듣고 있으려니 입술이 바짝 말라붙었다.

"……처음부터 나를 속일 생각으로 접근했던 거야?"

"응."

유나의 대답은 너무나 단순명료했다. 나는 찻잔을 꼭 쥐었다.

"나라고 마음이 편하지만은 않았어. 너와 함께 지내면서 몇 번이고 망설였는걸. 그렇지만 네게는 그림자가 필요 없잖아. 넌 우리를 미워했으니까."

"미워했다니, 그게 무슨……."

"이게 바로 네 문제야."

유나의 눈빛이 싸늘하게 식은 차만큼이나 차가웠다.

"넌 기억도 못 하잖아. 나한테 어떻게 대했는지. 그렇게 순진무구한 얼굴로 아무것도 모르는 척해도, 이미 나는 상처받았어. 이제 와서 신경 쓰는 척하지 마. 내가 어떻게 생겼는지조차 지워버렸으면서."

유나의 말에 반박할 수가 없었다. 기억을 되짚어보았지만 여전히 아무것도 기억나지 않았다. 유나가 내게 가까이 다가왔다. 벽난로의 불빛이 유나의 창백한 피부를 발그레하게 만들었다. 유나는 앞치마 주머니에 손을 넣더니 무언가를 꺼냈다. 은색 테두리가 쳐진 작은 돋보기였다.

유나가 내 손에 돋보기를 단단히 쥐어주었다.

"이게 뭐야?"

유나는 오른손을 폈다. 그러곤 바코드를 찍듯 자신의 오른손에 돋보기를 가져다 댔다.

"잘 봐. 내가 어떻게 탄생했는지……."

돋보기에서 영화 필름처럼 장면들이 돌아가더니 여리의 머릿속에 두둥실 떠올라 재생되었다.

할머니가 일을 시작한 후로 나는 집에 혼자 있는 시간이 많아졌다. 떡집에 갈 때마다 주인아저씨의 눈치를 봐야 하는 게 싫어서, 학교를 마치면 곧장 집으로 왔다. 그러던 어느 날 혼자 집에 있을 때였다. 꼬르륵. 배가 너무 고팠다. 그날 따라 할머니가 바쁘셨는지 통 먹을 게 없었다.

발꿈치를 들어 선반에 있는 라면을 꺼냈다. 몇 번 끓여 먹다
보니 이제는 가스레인지에 물을 올리는 것도 익숙했다. 수프
부터 넣어 끓이다가 라면을 퐁당 넣었다. 곧 맛있는 냄새가 올
라왔다.

꼬르륵. 꼬르륵. 배꼽시계가 자꾸 울렸다. 조급한 마음에 휴
지를 돌돌 말아 냄비를 잡았다. 그 순간 나는 중심을 잃고 넘
어졌다.

"아악!"

반사적으로 몸을 피했지만, 냄비를 잡은 손에 국물이 엎질
러졌다.

"아…… 아파."

손등부터 손바닥까지 얼얼했다. 손이 빨갛게 부어오르면서
불길에 타들어가듯이 아팠다. 싱크대로 달려가 찬물을 틀고
손에 있는 열을 진정시켰다.

그때서야 부엌 바닥이 온통 건더기와 국물로 뒤덮여 있는
게 눈에 들어왔다. 아빠랑 할머니한테는 뭐라고 하지? 혼자
라면을 끓이다가 이렇게 됐다는 걸 알면 분명 또 다투실 텐데.

손바닥에 물집이 잡히고 붉은 반점이 올라왔지만, 시간이
지나면 나을 거라고 생각했다. 나는 손에 난 상처를 숨기기 위
해 애썼다.

그러던 어느 주말 저녁, 아빠가 내 손을 보고야 말았다.

"너, 이거 왜 이래?"

아빠가 내 손목을 잡고 들어 올렸다. 그 모습을 본 할머니가 너무 놀랐는지 잔뜩 성을 냈다.

"손이 이렇게 될 때까지 왜 말도 안 했어! 물집이 다 잡혔네."

"안 아파요."

물론 거짓말이었다. 손등에 무언가 닿을 때마다 가시에 찔린 듯 너무 따가워서 눈물이 절로 나왔다. 역시나 아빠의 질책은 할머니를 향했다.

"얘 손이 이렇게 되도록 모르셨어요?"

"진작 알았으면 내가 약 발라줬지. 약 찾아볼게. 어디 있더라⋯⋯."

할머니가 서랍장으로 가서 약병을 꺼내왔다.

"이걸로는 안 돼요. 병원에 가야죠."

"내가 내일 데려갈게."

"일하러 가시잖아요."

후, 하고 아빠는 한숨을 길게 내쉬었다.

다음 날, 나는 아빠와 함께 병원에 갔다. 의사는 왜 이렇게 상처를 방치했냐며 아빠를 추궁했다. 치료를 해도 흉이 질 거라는 말에 아빠는 자신을 자책하는 듯했다. 아빠의 눈빛에서 씁쓸한 마음이 여실히 드러났다.

집으로 돌아가기 전, 아빠는 멀찍이 서서 담배를 피웠다. 담배 연기가 아빠의 입술에서 피어오르다 사라졌다. 아빠를 기다리며 나는 무심코 땅바닥을 내려다보았다. 나는 소스라치게 놀랐다. 그림자가 세 개였다.

하나가 늘어났어. 어째서? 이러다 그림자가 계속 늘어나면 어떡하지? 나중에는 셀 수 없을 정도가 되면……? 이런 생각이 이어지자 그림자 백 개가 내 발밑에 붙어 있는 상상이 됐다.

손에 땀이 찼다. 나는 주변을 두리번거렸다. 혹시나 내 그림자를 본 사람이 있을까 봐서. 이 상황을 어떻게 받아들여야 할까. 나는 무작정 달리기 시작했다.

"여리야!"

아빠의 목소리가 들렸지만 멈출 수가 없었다. 이대로 어디론가 도망치고 싶었다. 그림자가 내게서 떨어져 나갔으면 하는 마음으로 계속 달렸다.

돋보기가 내 기억의 파편들을 하나둘 맞춰주었다. 그제야 나는 온전히 유나를 이해할 수 있게 되었다. 날 바라보는 유나의 한쪽 입꼬리가 올라가 있었다.

"그날 이후로 내 손에는 늘 물집이 잡혀 있어. 마치 그날에서 벗어날 수 없다는 듯이."

유나의 손은 처참했다. 물집 주변으로 기포가 도드라지게 올라와 있고 진물이 났다. 돋보기를 잡은 손이 덜덜 떨렸다.

"몰랐어, 네 손이 이런지는……."

"넌 내게 관심이 없었으니까. 아니, 싫어했다는 게 맞겠지."

유나의 말이 화살이 되어 내 마음을 푹 찌르는 것 같았다.

"내가 생겨났을 때부터 넌 언제나 나를 무시했어. 다른 사람
도 아닌 내 주인인 네가."

"그건……."

변명이라도 하고 싶었지만 입이 떨어지지 않았다. 사실이
었으니까. 유나가 생겨난 이후로 나는 한 번도 유나를 긍정한
적이 없었다. 어떻게 하면 내게서 떼어낼 수 있을지 궁리만 했
을 뿐. 그런데 그림자였던 유나가 사람이 되어 나를 다시 찾아
올 줄이야. 난 이제 어떻게 해야 하지? 내게 상처를 받았다고,
나를 미워한다고 말하고 있는 유나에게 뭐라고 해야 할까?

"나를 거부하는 네게 붙어 있고 싶지 않아. 그건 지금도
마찬가지고."

유나의 말이 날이 선 칼날처럼 나를 향했다. 마음이 너무 아
팠다.

"그러니 돌아가."

유나가 자리에서 일어서더니 매몰차게 뒤돌아섰다. 난로의
뜨거운 열기가 우리의 관계처럼 차츰 식어갔다.

"미안해."

내 말에 유나가 멈칫하더니 뒤를 돌아보았다. 하지만 그것
도 잠시뿐, 유나는 그대로 밖으로 나갔다. 문에 달린 풍경 소
리가 내 마음도 모르고 청명하게 울려 퍼졌다.

내 손에 있는 상처를 봤다. 분명 해우가 물었을 때도 나는
아무 기억도 나지 않았다. 그동안 나는 왜 잊고 있었을까. 이

렇게 흉이 질 정도로 아팠는데…….

"걱정하지 마. 곧 다시 돌아올 거야."

아빠가 금테 안경을 콧등 위로 치켜 올리며 다정하게 말했다.

이번에는 아빠가 검은색 가죽을 책상에 펼쳐놓았다. 가죽 위에는 작고 동그란 무언가가 촘촘히 박혀 있었다. 흉터 같기도 하고 얼룩 같기도 했다. 아빠는 손바닥으로 그 흉터를 정성스럽게 쓸어내렸다.

"여리야, 네가 좀 도와주겠니?"

내가 애타게 그리워하던 아빠의 다정한 목소리에 눈물이 왈칵 쏟아졌다. 지금 이 순간, 아빠와 함께 있다는 게 실감이 났다.

11. 작별

"잘 어울리는구나."

아빠는 앞치마를 두른 내 모습에 흐뭇해했다. 나 역시 오랜
만에 만난 아빠를 눈에 담고 싶어서 한참 동안 눈을 맞추었다.

"아빠, 이게 뭐예요?"

책상 위에 축 늘어져 있는 가죽을 내려다보며 물었다. 아빠
의 눈동자만큼이나 검은 가죽의 형태가 마치 사람같이 보였다.

"그림자야."

그림자를 잡는 아빠의 손길이 능숙했다.

"하지만…… 그림자라고 하기에는 죽어 있는 것 같은데……."

허리를 숙여 그림자를 자세히 살펴보았다. 무력하게 축 늘
어진 그림자에게서 아무런 생명력도 느껴지지 않았다.

"깊은 잠에 빠진 거야."

아빠는 그림자의 발끝을 매만지며 말을 이었다.

"주인과 분리된 그림자들은 잠시 생명을 얻고 사람이 되지만, 그것도 잠시뿐이야. 곧 이렇게 힘을 잃고 잠들어버리지."

아빠는 그림자의 손을 가볍게 들어 올렸다.

"내가 여기를 잡고 있을 테니, 끝 부분 좀 꿰매줄래?"

"네."

나는 바늘에 실을 꿴 뒤, 벌어져 있는 그림자의 손을 정성껏 꿰맸다. 오래전 내 그림자를 꿰맸던 것처럼. 손에 닿은 그림자의 촉감이 사포질을 하기 전 나무토막처럼 꺼끌꺼끌했다.

"여기서 해줄 수 있는 건 임시방편이야. 그래도 한동안은 괜찮을 거야."

내가 바느질을 하는 동안 아빠는 내 곁에서 지저분해진 책상을 정리했다. 탁탁 가벼운 소리와 함께 물건들이 제자리를 찾아갔다.

"다 했어요."

"그래, 고맙구나."

아빠는 내가 꿰맨 부분을 살펴보더니 이내 흡족한 미소를 지었다.

"혹시 누군가 내게 전해달라고 한 물건이 없었니?"

"아! 있었어요."

나는 가방에서 보자기에 고이 싸여 있는 상자를 꺼내 아빠에게 드렸다. 상자에 뭐가 들어 있을지 궁금해서 눈을 떼지 못

했다. 그 마음을 알겠다는 듯이 아빠가 먼저 이야기를 꺼냈다.

"그림자 상점에 오고 싶어 하는 이들이 무척 많단다. 하지만 모두 이곳에 올 수는 없어. 그래서 중간 관리자가 선별해서 이 상자를 주는 거야. 일종의 입장표 같은 거지."

"중간 관리자요? 그럼 길목 분식 할아버지가 중간 관리자였던 거예요?"

아빠가 보자기를 풀며 고개를 끄덕였다.

"그럼 여기엔 뭐가 들어 있는 거예요?"

"직접 열어보렴."

"안 열리던데……."

얼마 전에 내가 보았던 낡은 나무 상자 그대로였다. 자물쇠도 없어서 열리지 않는 걸 어떻게 열어야 하지? 나는 손으로 나무 상자를 한 번 쓸어내렸다. 그때 딸깍 소리가 나더니 상자가 열렸다. 그동안 아무리 애써도 꼼짝도 하지 않았는데……. 상자가 열린 게 기뻤지만 허무하기도 했다.

"그 안에 뭐가 들었니?"

"바늘꽂이랑…… 빈 실타래요."

예상 밖이었다. 텅 빈 실타래와 눈처럼 새하얀 바늘꽂이라니. 바늘꽂이에 일렬로 꽂혀 있는 바늘이 은은하게 반짝이는 걸 보니, 할머니의 바늘 상자가 떠올랐다.

"부작용을 겪고 있지? 이제 네 차례야."

"네."

아빠는 나무 의자에 나를 앉혔다. 그리고 소파 옆에 놓인 의자를 끌어와 곁에 앉았다. 아빠의 손에는 어느새 은빛 바늘이 들려 있었다.

"증상이 어떠니?"

"가슴이 꽉 막힌 듯 답답하고…… 후각도 예민해지고…… 또…….."

아빠가 책상 위에 있는 촛대를 가져와 촛불로 바늘 끝을 지졌다. 불에 닿은 바늘이 황금빛으로 물들었다. 아빠가 주먹을 쥐고 내 등을 천천히 두드렸다. 등에서 팔로 쓸어내리는 손길이 부드러웠다.

"감정이 한꺼번에 증폭되면 체할 수 있어. 평상시 안 먹던 음식을 갑자기 먹으면 몸이 받아들이지 못하는 것처럼. 일단은 속이 꽉 막힌 것부터 풀어줘야겠구나."

아빠는 손목에 걸고 있던 고무줄로 내 엄지손가락을 꽁꽁 묶었다. 바늘을 들어 허공에 비추더니 반짝, 순식간에 바늘이 내 손톱 밑을 찔렀다.

"아!"

핏방울이 동그랗게 맺히더니 점점 커졌다. 아빠는 검지와 엄지를 모아 핏방울을 허공으로 잡아당겼다. 붉은 피는 금세 얇고 빛나는 실이 되어 아빠의 손에서 늘어져 나왔다. 달 호텔 주방에서 약재를 꺼낼 때 나왔던 실처럼, 아주 진한 붉은색 실이었다. 아빠의 손길에 따라 실이 흔들흔들하며 반짝거렸다.

아빠는 그 실을 빈 실타래에 돌돌 말았다. 실타래가 채워지면 채워질수록 답답했던 게 점점 사라졌다.

"좀 괜찮니?"

"네. 괜찮아졌어요."

아빠가 고무줄을 풀어주며 말했다.

"그동안 많이 힘들었지? 그래도 괜찮다는 말은, 정말 괜찮을 때만 하렴."

그러곤 더 이상 아무 말도 하지 않았다. 내게 생각할 시간을 주는 것처럼. 얼마간의 시간이 지났을 때 아빠가 입을 열었다.

"이제 여기까지 왜 왔는지 말해주겠니?"

그 질문에 답을 하려면 용기가 필요했다. 나는 주저주저하다가 물었다.

"아…… 아빠, 그림자를 하나 얻을 수 있나요?"

내가 뭘 말하려 했던지 이미 알고 있다는 듯 아빠가 미소를 지어 보였다.

"이 그림자는 어떠니?"

아빠가 그림자를 향해 눈짓으로 가리켰다. 곧 새까만 그림자 하나가 책상 위에 펼쳐졌다. 나는 그림자를 손으로 만져보았다. 차갑고 울퉁불퉁한 표면이 돌을 만지는 것 같았다. 미세하게 갈라진 틈새로 가루가 부서져 내렸다. 그림자에 손을 대고 있어 보라는 아빠의 말에, 나는 눈을 감고 그림자에게 집중했다. 어두컴컴하고 음울한 기운이 가득 차 있다는 게 느껴졌다.

"마음이 이상해요. 눈물이 날 것 같아요."

"폭식증에 걸린 여자의 그림자야. 그녀는 음식을 끊임없이 먹는 자기 자신을 증오했어. 술을 마시면 폭식증은 더욱 심해졌지. 다음 날 아침, 술이 깨면 손가락을 입으로 집어넣고 전날 먹었던 음식들을 게워냈어. 그녀는 폭식증 때문에 불행이 시작되었다고 생각했어. 사실은 그 반대였지. 불행하다고 느껴서 음식으로 빈 영혼을 채웠을 뿐인데 말이야."

"그래서 그 여자는 어떻게 됐어요?"

"여자는 매일 술을 마셨어. 술을 마시고 배달 음식을 마음껏 시켜서 먹었지. 기름지고 자극적인 음식을 먹으면 그 순간만큼은 기분이 좋아졌거든. 그렇게 하루하루를 보내다 어느 날 거울을 보는데, 스스로의 모습을 견딜 수 없었던 거 같아. 물건을 던져서 거울을 깨버렸지. 그녀는 피 묻은 손으로 거울 조각을 집어 들고는 자기 발에 붙어 있는 그림자를 천천히 끊어냈어."

아빠의 말을 듣고 그림자를 보니 그 말이 온전히 이해가 갔다. 온몸이 울퉁불퉁하고 가장자리가 깨진 유리 파편처럼 날카롭게 변해버린 그림자. 세상의 모든 어둠을 흡수해버린 것 같았다. 상처받은 마음이 이렇게 함부로 손을 댈 수 없게 되어버린 걸까.

아빠가 이번에는 다른 그림자를 펼쳤다.

"이 그림자는…….."

조금 전 내가 상처를 꿰매주었던 그림자였다.

"이 그림자의 주인에게는 태어날 때부터 지병이 있는 형이 있었어. 어릴 때부터 부모들이 항상 형만 챙기는 바람에 관심을 못 받고 자랐지. 본인도 자기 형을 돌봐야 했고. 형처럼 병에 걸리면 자신을 예뻐해줄까 싶어서, 이 아이는 자신의 그림자를 틈날 때마다 밟았어. 주인과 그림자는 연결되어 있어서, 그림자가 병들면 주인도 따라서 병들기 마련이거든. 하지만 부모는 알아차리지 못했지. 그림자가 아이에게서 떨어져 나가는 그 순간까지도."

그림자의 표면이 온통 얼룩덜룩하고 나무줄기가 엉킨 듯이 꼬여 있었다. 그림자를 보고 있자니 나 또한 숨이 막혔다. 그림자 안에 든 감정이 내게로 고스란히 전이되는 것만 같았다.

그림자의 상처를 어루만져주었다. 얼른 이 상처가 낫기를 간절히 바라면서. 초와 유나도 시간이 더 지나면 이렇게 깊은 잠에 빠지게 되는 걸까. 갑자기 걱정이 구름 떼처럼 몰려왔다.

"여기 있는 그림자들이 다시 살아날 수 있을까요?"

"이곳은 그림자와 주인을 이어주는 곳일 뿐이지. 생명과 죽음은 내 권한 밖의 일이야. 주인을 만날 때까지는 계속 이 상태일 거야."

"주인이라면…….."

"네가 될 수도 있어, 원한다면."

아빠는 그림자 하나를 더 가져와 책상 위에 얹었다. 검은색이라고 하기엔 색이 너무 연했다. 나는 회색의 그림자를 말없이 쓰다듬었다.

"이번엔 어떤 느낌이 들어?"

"모르겠어요. 다른 그림자들은 어둡거나 불안한 느낌이 느껴졌는데, 이건⋯⋯."

다시 한번 그림자에 손을 가져다 댔지만, 아무런 느낌도 들지 않았다. 아빠가 중간중간 볼록 솟은 그림자의 몸을 고르게 폈다. 그런데 어쩐지 낯이 익었다. 불안한 마음으로 다시금 그림자를 바라보았다.

"그림자의 주인은 세 개의 그림자를 가졌었지."

내면 깊숙한 곳에서 알 수 없는 거부감이 느껴졌다. 그다음 말을 듣고 싶지 않았지만, 아빠는 아무렇지 않게 말을 이었다.

"이 그림자는 그중 하나였어. 주인은 남들과 다른 세 개의 그림자를 무척이나 싫어했지. 그림자 때문에 사람들의 시선을 받는 게 싫었거든. 죽음을 결심한 순간, 그녀는 자신에게 꼭 달라붙은 세 개 중 두 개를 끊어냈단다."

아빠는 그림자 주인이 느낀 감정들에 대해서도 이야기해주었다. 죄책감, 두려움, 외로움, 불안, 고통까지도.

"그녀에게 마지막까지 남아 있던 그림자야. 하지만 그녀는 결국 이 그림자마저 잃어버렸지."

"아빠…… 제 그림자인가요?"

"맞아."

내가 애써 숨기고 있던 감정들을 들킨 것 같아서 두 뺨이 뜨겁게 달아올랐다. 나는 마치 아빠 앞에서 투명해진 것 같았다.

"이제 골라보겠니? 여기선 어떤 그림자도 선택할 수 있지. 물론 네 그림자도 포함된단다. 결정하는 건 오로지 네 몫이야."

책상 위에 그림자들이 층층이 쌓여 있었다. 내 그림자와 맞닿은 손바닥 아래로 온기가 느껴졌다. 한때는 이 그림자가 평범한 검은색이 되기를 바랐다. 남들과 똑같은 그림자를 갖고 싶었으니까. 왜 나만 다른 걸까 원망도 많이 했다. 사실은 네 탓이 아니었는데.

"유나가 이 그림자를 몇 번이나 자신에게 붙여달라고 했지. 하지만 불가능했어. 유나 마음에 있는 응어리들이 해결되지 않으면 결코 그림자를 가질 수 없거든."

결정은 내 몫이다. 이 말을 되뇌며 그림자를 어루만졌다. 얇은 그림자가 팔랑였다. 아빠가 내 마음을 눈치 챈 듯 말을 이었다.

"그림자의 주인이 되려면 자기 자신을 수용해야 해. 하지만 유나는 아직 그럴 준비가 되지 않았지."

"이 그림자로 할래요."

나는 아빠와 눈을 맞추며 말했다. 그러자 아빠가 내게 물었다.

"후회하지 않겠니? 좀 더 시간을 가지고 생각해도 된단다."

"아니요. 저는 이걸로 하고 싶어요."

내 그림자를 또다시 놓치고 싶지 않았다. 그림자를 잡은 손에 절로 힘이 들어갔다. 마음의 결정을 하고 나니, 왠지 회색빛 내 그림자 아래 쌓여 있는 다른 그림자들에게도 마음이 쓰였다.

"나머지 그림자들도 원래의 주인에게 돌아갈 수 있을까요?"

"그들이 이곳을 찾아온다면 가능할지도 모르지. 하지만 그림자를 선택하는 건 그들의 몫이란다. 나는 그들의 선택에 영향을 주지 않아."

쾅쾅쾅. 그때 문 두드리는 소리가 들렸다. 누군가 상점을 찾아온 듯했다. 아빠가 느긋한 목소리로 말했다.

"손님이 왔구나."

문이 덜컹 열렸다.

"먼저 가면 어떡해! 못 찾아올 뻔했잖아! 내가 어디까지 갔는 줄 알아?"

상점 안으로 초가 성큼성큼 들어오더니 나를 발견하고는 소리를 꽥 질렀다. 초 뒤에 서 있던 잼잼이가 고개를 빼꼼 내밀고 있었다. 둘을 다시 만나게 되어 반가웠다.

"길을 헤매다 그림자 우체국으로 갔단 말이야! 거기에 한참을 물어본 후에야 겨우 이곳에 온 거야."

"그림자 우체국?"

나는 눈을 크게 뜨며 되물었다.

"그림자들이 자신의 주인에게 편지를 부치는 곳이지. 그림자 세계에는 많은 장소들이 있단다."

아빠가 대신 대답했다. 초와 잼잼을 바라보며 아빠가 방긋 웃었다.

"그림자 상점에 온 걸 환영해."

문이 닫히며 맑고 고운 풍경 소리가 울려 퍼졌다.

＊

우리는 소파에 나란히 앉아 차를 마셨다. 초는 계속해서 상점 안을 두리번거렸다. 동굴 같은 내부가 신기한지 흘끔거리기를 멈추지 않았다.

아빠는 어느새 잼잼이의 흉터를 자세히 살펴보고 있었다.

"흉터가 깊구나. 피가 멈췄어도 고통스럽긴 했을 텐데, 그동안 어떻게 참았니. 약을 발라줄게."

그러고는 수납장으로 걸어가 유리창을 열었다. 선반에 놓인 유리병들 중 두 개를 꺼내왔다. 반투명한 갈색병에 들어 있는 두 개의 약을 섞은 뒤, 잼잼의 몸에 조금씩 발라주었다. 잼잼은 고통스러운지 몸을 움츠렸다.

잼잼의 얼굴 윤곽이 마지막으로 보았을 때보다 더 분명해져 있었다. 날카로운 콧날과 눈매, 가는 턱과 길게 뻗은 목. 왠지 익숙하게 느껴졌다. 어디선가 본 듯한 얼굴인데…… 설마…… 해우? 잼잼은 해우의 그림자일까.

해우는 내게 기적과 같았다. 죽고 싶을 때마다 해우와 만났던 그날을 생각했다. 그러면 다시 살고 싶은 마음이 들었다. 이런 마음을 준 해우에게 보답하고 싶었는데……. 해우와 잼잼이를 만나게 해주고 싶다는 생각에 가슴이 벅차올랐다.

아빠가 잼잼이를 보며 말했다.

"불을 쬐고 있으렴. 몸을 따뜻하게 해야 된단다."

그러더니 내게로 시선을 돌렸다.

"그럼, 이제 그림자를 이어볼까?"

"그림자를 찾았구나! 축하해!"

초는 내가 그림자를 찾았다는 것에 기뻐하다가 금방 심각한 표정을 짓더니 고민에 빠졌다. 잠시 후 무언가 결단한 듯 초가 비장한 얼굴로 외쳤다.

"나도 돌아갈래!"

"돌아간다고?"

"응, 다시 네 그림자로."

"그렇지만 사람이 되고 싶어 했잖아."

"마음이 바뀌었어. 잠깐이지만 너와 함께한 것도 재밌었고. 다시 네 그림자로 사는 것도 좋을 것 같아."

아빠가 다시 수납장으로 걸어갔다. 이번에는 좀 더 신중하게 약병들을 훑어보더니 안쪽 깊숙이 들어 있는 약병 하나를 꺼냈다. 아빠가 약병에 입김을 후 불었다. 그러자 병에 들어 있는 노란 물약이 갈색으로 변했다. 아빠는 또 한 번 입김을 불었다. 이번에는 보라색으로 변했다.

아빠는 그 약을 초에게 내밀었다.

"이걸 마시면 깊은 잠에 빠질 거야. 그렇게 푹 자고 일어나면 다시 여리의 그림자로 돌아갈 수 있어."

초는 코를 킁킁거리며 잔을 받았다. 잔 안에서 정체를 알 수 없는 쓰디쓴 냄새가 났다. 그런데도 초는 망설이지 않고 한 번에 마셨다. 초의 눈꺼풀이 스르륵 감기더니 몸이 점점 투명해졌다. 한순간이었다. 발끝부터 투명해진 초의 몸이 새까만 검은색이 되었다.

초의 옷이 후두둑 바닥에 떨어졌다. 초의 두 다리가 흐느적흐느적대더니 서서히 초의 몸이 기울어지기 시작했다. 초는 어느새 바닥에 납작 달라붙어 있었다.

나는 초를 만지려고 손을 가져다 대었다. 하지만 아무런 느낌도 들지 않았다. 이미 완전한 그림자가 되어 있었다.

아빠가 내게 말했다.

"잠시만 서 있으렴."

아빠는 곧 실타래를 가져와 한쪽 무릎을 꿇고 앉았다. 그러곤 내 손가락 끝에서 뽑아낸 붉은색 실을 바늘에 꿰었다. 구멍을 통과한 붉은색 실이 사르르 녹아내리더니 곧 번쩍이는 황금빛으로 변했다. 아빠의 손길에 황금빛이 물살처럼 부드럽게 일렁였다. 아빠는 그림자와 나를 이어주었다. 한 땀 한 땀 조심스럽고 부드러운 움직임이었다. 오래전 할머니가 바늘을 꿰매던 모습이 절로 떠올랐다.

"이전의 감정들이 다시 생생하게 기억날 거야. 상처 입은 마음을 알게 되는 건 힘든 일일지도 몰라. 그래도 잘 이겨낼 수 있을 거라고 믿어."

아빠는 바느질을 마치고 매듭을 단단히 묶었다. 다시는 떨어지지 말라는 듯이. 곧이어 회색 그림자를 가져와 바닥에 펼쳤다. 다시 한번 신중한 바느질이 시작되었다.

잠시 후, 아빠가 허리를 쭉 펴며 말했다.

"다 됐다."

바닥을 내려다보니 내 발밑에 두 개의 그림자가 꼭 붙어 있었다. 나는 조심스레 걸어보았다. 그림자들이 나를 따라 움직였다.

"마음에 드니?"

"네!"

나는 힘차게 대답했다. 잼잼이가 부럽다는 듯 내 발밑의 그림자를 쳐다보았다. 그런 잼잼이를 보자 마냥 좋아할 수만은 없었다. 잼잼이와 해우를 만나게 해주고 싶은데…….

아빠가 내 마음을 알고 있다는 듯이 머리를 부드럽게 쓰다듬었다.

"잼잼이 걱정은 내려놓으렴. 해우 걱정도. 때가 되면 주인과 그림자는 만나게 되어 있어. 너와 유나도 머지않아 만나게 될 거야."

아빠의 말에 마음이 조금 편해졌다. 아빠가 잼잼이를 향해 물었다.

"너는 어떻게 하고 싶니? 이곳에 남아 나를 도와주겠니?"

잼잼이가 고개를 끄덕였다. 이제 진짜 이곳을 떠나야 할 때가 된 듯했다.

"고마웠어, 잼잼."

나는 잼잼이를 향해 양팔을 벌렸다. 그러자 잼잼이가 달려와 내 품에 폭 안겼다. 잼잼의 몸에서 싱그러운 풀내음이 났다.

"유나에게 남기고 싶은 말이 있니?"

나는 고개를 저었다. 유나를 이곳에 남겨두는 게 마음이 편치 않았지만, 지금 당장 내가 할 수 있는 일이 없었다.

"다음에 만나서 직접 얘기해줄래?"

아빠의 말에, 유나를 다시 만날 수 있을 것 같다는 예감이 강력하게 들었다.

"네게 선물이 있단다."

그 말에 나는 기대감 가득한 눈빛으로 아빠를 바라보았다. 아빠는 내게 바늘 상자를 건네주었다. 나는 상자를 더듬었다. 딸깍. 상자가 열렸다. 그 속에는 반짝이는 실타래와 두꺼운 가죽 골무, 은빛 바늘이 있었다. 할머니의 바늘 상자에 있던 것들과 똑같았다.

"세상에는 수선이 필요한 그림자들이 많단다."

나는 고개를 끄덕이며 상자를 꼭 쥐었다. 그리고 잠시 망설이다 물었다.

"아빠…… 우리도 다시 만날 수 있나요?"

"나는 계속 이 자리에 있을 거야."

아빠가 미소를 지었다.

나는 상자를 품에 꼭 안고 그림자 상점의 크고 두꺼운 문을 힘껏 열었다. 바람이 불어왔다. 시원한 바람이 나를 어디론가 데려가줄 것만 같았다.

내 그림자들을 사랑하는 마음으로

　스물일곱, 뉴욕에서 학교를 마친 후 소설을 쓰겠다는 마음을 먹고 한국으로 돌아왔다. 수년 동안 소설을 읽고, 배우고, 썼다. 수차례 공모전에서 떨어지고 단 한 번도 최종심조차 오르지 못했다. 함께 졸업한 친구들은 이미 취업을 하고 자리를 잡아가고 있었다. 시간이 흐를수록 나만 멈춰 있다는 생각에 불안해졌다. 내가 언제까지 버틸 수 있을지 스스로 확신이 서지 않았다.

　미래가 막막하다는 생각이 들 때마다 나는 하염없이 걸었다. 울면서 뉴욕 거리를 걸었던 그 시절의 나처럼. 소설가를 지망했으나 마땅한 직업이 없어 오랫동안 부모님의 지원을 받아야 했다. 내가 가고 싶은 세계와의 거리감이 점점 더 커지는 것 같았다.

소설을 쓰는 일은 나의 밑바닥을 직면하는 일이었다. 그동안 외면해온 결핍들이 내 마음과 다르게 자꾸만 튀어나왔다. 스트레스 때문에 폭식과 절식을 반복했고, 남들에게 사랑받기 위해 내 감정은 무시한 채 지냈다. 소설에 등장하는 유나와 초는 그런 내 모습에서 탄생되었다.

역설적이게도 내 그림자들을 사랑하는 법 또한 소설을 쓰면서 배웠다. 유나와 초를 생각하며 끝까지 숨기고 싶었던 내 마음을 바라봤다. 사랑받고 싶어서 차마 꺼내지 못했던 내밀한 흉터들을. 그렇게 글로 풀어내자 온전히 나를 이해하게 되었다. 아무것도 되지 못하더라도, 지금 이대로의 나도 괜찮다는 마음이 들었다.

오랫동안 나 자신을 미워하며 살았다. 타인에게는 한없이 너그러워지는 잣대를 스스로에게는 엄격하게 세우면서. 소설을 쓰면서 내 그림자들에게 미안했다. 자기 자신을 사랑하지 못하며 사는 사람들에게 이 글을 바치고 싶다. 이 책을 통해 그림자 상점에 가서 자신의 그림자들을 마주하기를. 그래서 잃어버린 그림자들과 함께 앉아 따뜻한 수프를 먹고 편히 쉬었으면 좋겠다. 서로를 포용하고 사랑하는 시간을 보냈으면 좋겠다.

소설을 쓰겠다고 결심한 딸을 끝까지 믿어준 부모님께 감사하다. 부모님의 인내와 사랑으로 소설을 완성할 수 있었다. 누구보다 기뻐해준 내 동생들 윤주, 윤성 그리고 토리가 큰 힘이 되어주었다. 가족 모두에게 사랑한다는 말을 전하고 싶다.

소설을 쓰는 마음을 알려주신 홍희정 선생님께 감사하다. 소설을 쓰는 것을 넘어 사랑할 수 있도록 도와주신 선생님을 만난 건 내 인생의 큰 행운이다. 타인의 소설을 읽는 즐거움을 알려준 나의 문우, 도토리님에게도 감사하다. 도토리님과 함께 계속 글을 쓰겠다고 다시 한번 다짐해본다.

나를 위해 기도해주신 할렐루야교회 이정자 권사님께도 감사의 인사를 전한다. 기도해주는 사람이 있다는 사실만으로 힘든 시기를 잘 버틸 수 있었다. 일일이 이름을 적지는 못하지만, 교회 친구들과 나를 응원해준 수많은 사람들에게도 고맙다고 말하고 싶다.

출판의 기회를 준 넥서스 출판사와 유혜림 편집자님에게도 감사의 말을 전하고 싶다. 책 한 권이 만들어지는 데 이렇게 많은 사람들의 시간과 노력이 들어가는지 이전에는 알지 못했다. 내 글을 세심하고 꼼꼼하게 다듬어준 손길들에 감사하다.

공모전에서 떨어지고 우울감에 빠져 있을 때, 나는 매일 새벽기도를 위해 교회에 갔다. 그렇게 기도의 자리로 가면 어김

없이 눈물이 났다. 그때 나는 소설이 내 인생을 구원해주지 않더라도 계속 사랑하겠다고 다짐했다. 이 사랑을 놓치고 싶지 않다고 간절히 기도했다. 그 마음을 오래 간직하고 싶다.

2021년, 겨울의 문턱에서
변윤하